されど時は過ぎ行く

ブラディ・ドール⑱

北方謙三

ハルキ文庫

角川春樹事務所

本書は平成二十七年四月に刊行された角川文庫
『されど時は過ぎ行く　約束の街⑧』を底本としました。

BLOODY DOLL

KITAKATA KENZO

されど時は過ぎ行く

北方謙三

されど時は過ぎ行く
BLOODY DOLL
KITAKATA KENZO

目次

1　コルトレーン

肌に感じないほどの雨だったが、髪から額に水滴が垂れてきた。私はそれを、手の甲で一度だけ拭(ぬぐ)った。

繁華街というわけではないが、ネオンがいくつかある。その中に、ようやく『陽炎(かげろう)』というバーの看板を見つけた。

漢字で書かれたその字に、私は一度だけ眼(め)をくれ、扉を押した。

「いらっしゃいませ」

扉の動きに連動するように、女が声を出した。私は、店の中を見回した。ボックスの席が二つあり、奥のテーブルで客が二人ビールを飲んでいる。あとはカウンターが六席だけで、満員になったとしても十五、六人がせいぜいだろう。

席にも女は着いていたが、カウンターにいる声を出した方の女の前に、私は腰を降ろした。女は四十がらみというところで、席に着いている方はまだ少女のように見える。

女の背後の棚に並んだ酒は、ウイスキーが一種類だけで、ほとんどが首からタグをぶらさげている。この店が、常連の客で成り立っていることを、私に教えた。

「はじめてなんだが、ボトルを入れた方がいいのかね？」

女が、ちょっと肩を竦めた。

「お客さんが、一本飲めると思うなら。それか、また来てみようという気があるなら」

「それじゃ、一本貰おうか」

女は頷き、私の前にタグとボールペンを置いた。

「久納さん、でいいの？」

私は訂正しないことで、その読み方で正しいということを伝えた。

「水で割ってくれるかね」

黙って、女はグラスを出し、氷を入れてウイスキーを注ぐと、水を足した。ステアを、バースプーンで手際よくやっている。

「この近所にお住い？」

「いや」

「そう。外は雨がまだやまないんですね」

「霧のような雨だが」

女が、おしぼりではなく、乾いたタオルを差し出してくる。私はそれで、髪の水気を取り、掌で整えた。櫛など、持ち歩いたことがない。

水割りは、水とウイスキーの調合が決まっていて、意外にうまかった。乾きものが、突き出しとして出される。少々硬いものでも、私はまだ食えた。粗食がいいのか、もともとの体質なのか、歯の不具合がないのだ。

新宿から電車で三十分弱の、東京のはずれだった。駅からは二、三分歩いただけだが、すでに住宅街と呼んでいい地域だろう。

店内には、古いジャズが低く流れているだけで、私の好みには合っていた。奥の席の客も、酔っているようではなく、ぼそぼそと話し声が聞こえてくるだけだ。

「この店の名は」

言いかけ、痰を絡ませて、私は二度咳をした。

「かげろうって読むんです。ようえんって読む人がいるけど」

知っていた。そんなことを、訊きたいわけではなかった。

陽炎。性能のいい駆逐艦で、私は半年乗りこんだ。それからは戦艦に移り、そして重巡に移った。その重巡は、沖縄海域で撃沈された。

野本少尉は、ずっと陽炎に乗っていて、どこかで撃沈され、本土に生還した時に、呉の基地で再会した。それからは二人とも、乗艦することはなかった。すでに、乗るべき艦がない、という状態だったのだ。

「夏の名前ですよね。オールシーズンの店じゃないって、お客さんによくからかわれます。あたしがつけたんじゃないんですけど」

「いい名かもしれん。俺などにとっては」

「主人の父が、つけた名前なんです。亡くなりましたけど、もともと義父がやっていた店で、あたしが引き受けたというかたちになってます」

「何年になる？」

「何年だったかな。あたしが結婚した時は、古ぼけたバーでした。内装なんかを、大きく変えたんですけどね」

「あんたが、ママさんになってからさ」

「それなら、七年目に入ったとこ」

「立派に、繁盛しているようだな」

「義父のころは、決まったお客さんが多かったんだけど、最近は人の入れ替りが激しいわ。マンションなんかが、ずいぶん建ったし」

女が、煙草（たばこ）に火をつけた。

「昔は、ひと晩で十人ぐらい。それが二十年以上も変らなかったんですって。来る顔ぶれも、ほとんど同じで」

「それも、いいのかな。派手にやるのではなく、堅実だ」

「義父ひとりでしたからね」

野本少尉が亡くなったという知らせを受けたのは、二年ほど前だ。また生き残ってしまったという思いが、しばらく私を包んでいた。生き延び、生き残った。それは、私にとっては恥でしかない。

戦後、私は三度野本と会った。戦友の遺族がいる場所がわかったので、形見を届けるためだ、と言っていた。二度目の時は、五歳ほどの男の子を連れていた。お互いに、自分のことはあまり語らなかった。連絡を貰うと、私はS市の隣りの街まで出かけ、そこのホテルのティールームで会った。建築会社をやっているとだけ私は言い、俺は酒場の経営だと野本は言った。

そのほかには、消息のわかった戦友や、遺族の話をするだけだった。

私たちにとって、戦友というのは、なんなのだろうか。同じ釜（かま）のめしを食い、同じ死地に立った。自分が死んでいたとしてもおかしくないが、なぜか別の人間が死んだ。特攻に行く者は死ぬと決まっていたが、それ以外で死んだ人間の方が、はるかに多かった。

生き延び、生き残ったことが、なぜ恥なのか。そう思わない人間は、数多くいるだろう。時は、人の傷をたやすく癒（いや）すはずだ。しかし、戦友会に顔を出そうとは、私は思わなかった。戦友で会っていたのは、野本だけだったのだ。

野本も、戦友会には出ない、と言っていた。ただ、形見の品を四人分持っていて、それを遺族に届けなければならないので、心当たりを捜したりはしていたようだ。その過程で、私よりずっと多くの、戦友の消息を知っていた。生き延び、生き残っても、病に斃（たお）れた人間も少なくない。

形見の品など、私はひとつも持っていない。受け取らなかったのだ。軍医であった私の腕の中で死んでいった兵の数は、あまりに多すぎて、名さえ憶えないようにしていた。

三回目に野本に会ったのは、八年前の東京だった。少し前に気になる電話を貰い、東京へ出たついでに連絡してみたのだ。

新宿で会い、食事をした。胃の全摘の手術を受けたとだけ野本は言い、それは癌しか考えられないと、私は勝手に思いこんだ。五年経っても年賀状が来ているのを見て、野本も別の戦争を生き延びたのだと思った。

胃の手術を受けた翌年には、店を息子の嫁に譲ったということだ。それ以後、どういう生活だったかは知らない。年賀状には、近況も書かれていなかった。

「親父さんは、つまり立派なバーテンだったということかな？」

「そうですね。カクテルには自信を持ってて、うちの亭主にも教えこもうとしたんですが」

「息子は、そういうものは覚えない、というのが通り相場だな」

「店を、やりたがらなかったんですよ。それで、あたしということになって。カクテルなんてとんでもないんで、ウイスキーとか焼酎とかをボトルキープして貰って、簡単なおつまみを出すだけにしました。内装も替えて、でも音楽だけは義父の趣味で」

「スタンダードナンバーのジャズか。演奏も古い」

「レコードでかけてるんです。義父が、針なんかは買い溜めにしていましたから、いまだにかけられるんですよ。奥のカーテンのむこうが、レコード置場なんです」

カウンターの奥に、古びたベージュのカーテンがかかっている。

「雑音が多くて、聴き苦しいというクレームもあるんですが」

「澄んだ音だけが、音楽じゃない」

「カラオケを入れろとも言われてます。それはお断りして、昔ながらの商売ですよ」

「それがいい、という客もいるはずだ」

「確かにね。レコードを持ってきて、かけてくれと言われる方もいます」

水割りを飲み干した。女が問いかけるような眼差しをしたので、私は軽く頷いた。

「あたしも、一杯いただいていいですか？」

「ああ」

女はもうひとつグラスを出し、水割りを二杯作った。

「なかなかいい手際だ」

「これだけ、父に教えられました。ステアは、マドラーを遣うなと」

私は、ちょっとだけ宙にグラスを翳した。氷の量も、悪くない。

「子供は？」

「いません」

野本には、孫がいない。ひとり息子は、精一と言った。

「野本精一は、別の仕事か？」

口に運びかけたグラスの動きを、一瞬、女は止めた。

「野本が、なにか？」

「いや、なにも」

電話が来た。『陽炎』の野本と言われなければ、出なかったはずだ。二年前死んだ、野本からの電話のような気がした。

精一は、金の無心をしただけだった。それも十万というわずかな金だ。私は、どこに電話をしているつもりだ、と言った。親父の戦友でしょう、と野本精一は答えたのだ。

「野本を、なぜ御存知なんですか？」

女の声が、いくらか堅くなっていた。

「野本太一の息子として、知っている。一度だが、幼いころに会ったこともある」

「義父の」

「二年前に、亡くなったという知らせを貰ったよ」

「そうですか。年賀状を頂戴している方には、お知らせだけは出しましたので」

「俺は、野本に線香を上げようなどと考えて、ここを訪ねたんじゃない。野本精一から、電話を貰ったんだよ。助けてくれとな」

音楽がやんでいた。女は一度カーテンの奥に消え、すぐに出てきた。コルトレーンが流れはじめた。

「助けてくれって言われて、助けてくださるんですか？」

「話によるさ」

「お金のことですよ。あたしは、野本とは離婚しているんです。慰謝料に、この店を貰ったというかたちで」

「誤解するな。俺は、借金の取り立てに来たわけじゃない。金で済むことなら、一度だけなんとかしてやろうか、と思っただけだ」

「ほんとに、助けてくださるんですか？」

「一度ならな」

「金額も訊かずに？」

「出せるものは、出せる。出せないものは、出せない。出せるだけの範囲で、俺は野本精一を助けてやれる」

「でも、居所がわからないんですよ」

「そうなのか」

「あたしは、野本のために、もう一文も出す気はありませんから」

「訪ねただけ、無駄だったのかな」

「すみませんね」

女の口調は、冷淡なものになっている。

「しかし、この店に来ることができて、それはよかった。一度、来てみたいと思っていたのだ」

「義父とは、どういう関係なんですか？」

「戦友だよ」

「戦友と言ったって、ずっと昔のことじゃありませんか」

「だが、戦友だ。『陽炎』というのは、野本が長く乗っていた、駆逐艦の名だ。俺も、しばらくそれに乗った」

コルトレーンが続いていた。

「もう一度、電話してこいと、野本精一に伝えてくれ」

「帰ってくださいよ」

声を潜めて、女が言った。

「店の前に車を呼びますから、それに乗ってください」

女は、奥の席を気にしはじめていた。

「勘定(かんじょう)を」

「要(い)りません。いま、車を呼びます」

「車はいい。歩いて駅まで行くさ」

「いけません」

私は、女に笑いかけた。財布を出し、十万ずつまとめた札束をひとつ、カウンターに置いた。

「外は、雨ですから」

「霧のようなもんさ」

海の飛沫（しぶき）と較（くら）べたら、どうということはない雨だった。

「とにかく、いま車を呼びます」

携帯電話を握りしめ、もう片方の手で札束を押し返しながら、女が言い続ける。

私は、スツールを降り、軽く手を振って店を出た。

背中から、コルトレーンが追ってきた。

2　モンテクリスト

霧雨の中を、駅の方向にむかって二百メートルほど歩いた。

車が、追い越し、前で停（と）まった。

二人、降りてくる。

「おい、爺さん」

　私は、二人を無視して歩き続けようとした。ひとりが、腕を摑んでくる。

「車に乗りなよ」

「いやだな。おまえら、酔っているだろう。同乗して、俺まで罰金を取られたくない」

「おかしなこと、ほざくんじゃねえ。ちょっとばかり話がある。ここだと、あの女が警察でも呼びかねないからな」

「断る」

「乱暴なことは、したくない。そういうことをする人種でもない」

「もう、充分しているぞ」

　腕を摑んだ手に、私は眼を落とした。

「これぐらい、どうってことないだろう。これ以上を、暴力と言うんだよ」

「ならば、俺の勝ちだな」

「なんだと」

「殴られたら、死ぬかもしれん。俺はもう、八十になる歳だ。死んでも、惜しいものはなにもない。それでも、おまえらは殺人犯ということになる」

「だから？」

「おまえらの方が、割りに合わんということだ。勝負というのは、いろいろな顔を持っているからな」

「引き摺りこむぞ」

「それでも、抵抗して、俺は死ぬかもしれん。構わんぞ、殺してくれて」

「なあ、とにかく穏やかに話をしようってんだ。死ぬのがこわくないなら、車に乗るぐらい、どうってことねえだろうが」

「おまえらに乗れと言われて、乗るのが嫌なんだ」

「じゃ、引き摺りこむぜ。こんな雨、爺さんには毒だからね」

「やってみろ」

人が走ってくる気配があった。『陽炎』から、女が飛び出して駈けてきている。

私は男の手を振り払い、素速く車に乗った。

「早く出せ」

男二人は啞然としていたが、ひとりが運転席に飛びこみ、もうひとりが後部座席に乗りこんできた。女が、声をあげている。それを押し潰すように、タイヤが路面を擦る音があがり、車は急発進した。

「なんだってんだよ？」

私のそばの男が言った。

「俺は、年寄りだからと、思いやりをかけられるのは好かん。なにかあれば、年寄りは死ねばいいんだからな」

「爺さん、死ぬ死ぬってのも、年寄りの口癖じゃねえか」

「じゃ、殺してみろ。笑って死んでやるぞ」

「おかしな爺さんだが、まあいいや。事務所へやれ、おい」

運転している男が、頷いた。

二十分ほど、新宿方面にむかって走った。その間、私は黙っていたが、男は二度携帯で電話をした。なんの話をしているのか、私は聞こうとも思わなかった。霧雨に濡れた東京の街に、ぼんやりと眼をやっていただけだ。車はまだ多い時間で、信号を二度待つこともあった。

やがて車は狭い通りに入り、小さなビルの前で停った。

「降りな」

男が言い、私は黙って降りた。

エレベーターは年代物で、揺れながら上昇し、軽い衝撃とともに停った。なんでもない事務所という感じで、強持ての男たちもいなかった。老人がひとり、書類を作っているだけだ。

「まあ、そこへ」

ソファに座らされた。

「これは、強制的にやってるんじゃない。わかるよな」

「わからんね」

「あんたは、ここからいつ帰っても、自由だ。ただ、その前に、俺たちの話を聞いてくれないかな」

「借金取りの話か」

「そんなんじゃねえよ。きちんとした融資を、取り戻す時期が来た。そうしようとしているだけなのさ」

「おまえら、『陽炎』にいた客だな。あそこで、野本精一を張っていたのか？」

「待っていた、と言ってくれ。もともと、あの店は野本の店なんだからな」

老人が、茶を入れてきて、テーブルに置いた。運転していた男も上がってきて、私は三人を相手にする恰好（かっこう）になった。

「話だけは、聞こうか」

「ありがたいね」

老人が言った。それから煙草を出し、私に差し出した。私は受け取らなかった。老人は一本くわえ、ブックマッチを擦って火をつけた。

「聞くところによると、野本精一を助けてくれるんだって」

老人は腰を降ろしたが、若い二人はその背後に立った。

「それは、おまえらと、なんの関係もない」

「確かにね。ただ野本精一が助けて貰うと、俺らも助かることになる。だから、どんなふうに助けるか、聞いておきたいんだよ」

野本精一が抱えているトラブルは、少なくともここまでは、ただ世俗的でつまらないものだった。私は不意に、このトラブルにも、眼の前にいる男たちにも、関心を失った。

「さて、帰るかな」

「おい爺さん、俺らに散々手間をかけさせたんだ。このまま帰るってのは、道理に合わねえだろうが」

若い方のひとりが言った。私はただ、笑みを返した。

「舐めてんのか、おい」

「おまえらを舐めたりするか。俺の眼には、おまえらは見えないも同じだ」

私が腰をあげると、若い男が二人、立ち塞がった。

「俺に触るな」

「なんて爺さんだ。まだ強がってやがる」

「道をあけな」

「老いぼれて、わからなくなってんじゃねえのか。自分がいま、どういうことになってんのか、ちょっと言ってみなよ」

「どけ」

ひとりの男に、眼を据えた。

「言ったはずだろう。俺は、いつ死んでもいい。苦しみ抜いて死ぬのが、一番いいとも思ってる」

「じゃ、やってやろうじゃねえか」

男の手が、胸ぐらにのびてきた。私は、その手を弾(はじ)き飛ばした。

「なんだあっ」

「虚仮威(こけおど)しで手を出すな、小僧。手を出すなら、殺す気で来い」

私が踏み出すと、男は後退(あとずさ)りした。

「待ってください」

老人の声だった。私はふりむかず、足だけ止めた。

「野本精一を助けたいんでしょう、あんた。なら、うちの話を聞くべきですよ。話を聞いて、助けることになると思うなら、うちといろいろやるのもいいんじゃないですか？」

私はもう一歩進み、それからふりむいた。老人の顔には、必死な色がある。

「書類を、全部持ってこい。俺はここに現金(ナマ)を持っちゃいない。だが、場合によっちゃ払ってやれる」

それだけ言い、私は歩きはじめた。背後でばたつく気配があり、私がエレベーターの前に立った時は、三人も一緒だった。

「うちの車で、お送りしますよ」

エレベーターの中で、老人が言った。コートをひっかけ、手には番号札をつけた書類袋を持っている。

下へ降り、ここへ来る時に乗ってきた車に再び乗りこんだ。若い二人は前で、老人がそばへ座った。

「新宿のGホテルだ」

車が、滑るように動きはじめた。

「ヨットかなにかを、おやりになっているのでしょうか？」

老人が、遠慮がちに言った。私は老人だと思っているが、あまりよく見なくても、私よりずっと若いことは確かだった。

私は、服装にあまり構わない。楽ならいいという恰好で、ずっと通してきた。そして楽な服装は、船上にいる時に着るものだった。丈夫で、水を弾き、動きを制限しない。

「その長靴、なんとかいうヨーロッパのものでしょう。ヨットマンが愛用する。羽織っておられるのも、ただのコートではなく、オイルスキンだ」

「おまえは、ヨットでもやっていたか？」

「銀行員でしてね。退職して、いまの仕事に就いています。業界では、良心的な会社の方だと思います」

「どんな仕事かで、俺は人間を決めん。ヨットをやっていたかと訊いて、銀行員だったと答える。そこに、まだ捨てきれていない、見栄が見えるな」

「職場の同僚と」

老人の声が硬くなった。

「共同でヨットを所有したことがあります。三年ほどでしたが」

「どこのヨットだ？」

「ジャヌーの二十八フィートでした」

「まあまあだろうな。もっとも、俺はセイルはやらん。ずっとパワーボートで通してきた」

「いまは、なにを？」

「ハトラス」

「どれくらいの？」

「百四十フィート」

老人が、息を呑んだ。

「久納さんとおっしゃる名前だそうですね？」

「なぜ、知ってる？」

「うちの若い社員が、『陽炎』で書かれたネームタグを見てきました。申し遅れましたが、私は鈴木と申します。Ｓ銀行からいまの会社に移り、支店をひとつ任されています」

「そうか。俺は、久納義正という」

「Ｓ市の、Ｓ建設の創業者で、会長をされています。地方の建設業界の雄と言われている会社です。時には、都内の仕事も手がけられている」

「詳しいな」

「銀行員です。いや銀行員でした、私は」

「仕事熱心だったわけだ」

前の座席に座った二人は、すっかり大人しくなっていた。車の動き方で、それがわかる。

「野本精一は、いい客か？」

「正直申し上げて、私のいる支店では、一、二を争う、悪質な客です」

「どんなふうに」

「逃げるのですよ。ただひたすら、逃げ回る。つまりそれは、返済する気がないというわけで」

店は、別れた妻のものになっている。そこまで乗っ取ろうとは、さすがにしていないようだが、二人の社員を張りこませていたところを見ると、暴力的な取り立てを、必ずしも回避しているわけではない、ということがわかる。私自身の、拉致も試みたのだ。

「額は？」

「七百五十万。正確には、七百五十一万二千三百十一円です」

「利子も含めてだな、それは」

「はい」

「端金（はしたがね）で、逃げ回る男か、野本は」

私への、十万円貸してくれという電話は、寸借詐欺のようなものだったのか。

車が新宿の街に入り、やがてGホテルの車寄せについた。

私は降りて、ホテルに入った。

「ロビーで待て。いや、部屋へ来い」

「かしこまりました」

鈴木が、部屋番号を訊き、携帯電話で車の二人に伝えていた。

最上階の、ありふれたスウィートである。東京の支社に取らせたら、こういうことになった。用事は、野本精一に会うことではなく、会社の件でいろいろあったのだ。

「座れ」

言って、私は葉巻を出し、吸口をカットした。モンテクリストである。なければないで済ませられるが、東京支社の者が用意していた。

煙を吐いていると、二人が息を切らせて部屋に入ってきた。

「書類」

私は眼鏡をかけ、鈴木が出した書類に眼を通した。

「借りたのは、二百万か。それが七百五十万だと？」

「それについては、貸す前に野本氏の了解を取っておりますし、そういうことは法にかなっております」

「利息制限法の上限で、計算しろ。おまえたちが、勝手に利息を決める時代ではなくなりつつある」

「しかし」

「超過利息については、おまえらが泣け」

「それでは、年利二十パーセントで、払っていただけるのですか？」

「ないやつからは、搾ることもできないだろう。ここで計算しろ。いま、払ってやる」

鈴木が、カード型の電卓を出し、数字を紙に書きこんだ。そして、恐れるような仕草で、それを私に見せた。

私は、そばにあったバッグから、札束をいくつか出した。

「これで、野本と縁を切れ。次に野本に貸したことがわかったら、おまえの会社を叩き潰す。ついでに、おまえたちの業界では、もう野本に一文も貸さない、ということを徹底させろ。その分の手間賃も入っている」

鈴木が立ちあがり、深々と礼をした。背後の二人も、同じようにしている。

私はもう、野本の借金に関心を失った。

帰っていいというように手を振ると、三人は逃げるように部屋を出ていった。

私はしばらく、葉巻の煙を吐いていた。

戦友の遺品を届ける途中だといって、野本太一は、精一を連れて私に会いに来た。あの時の精一は、おどおどした少年だった、という印象がある。しかし、顔はまったく思い出せない。

長くなった灰が、ぽとりと膝（ひざ）に落ちた。

私は灰皿に葉巻を置き、長靴の先と踵（かかと）を両手で摑み、脱いだ。

まだ雨が降っているのかと窓の外に眼をやったが、部屋の様子が映っているだけだった。

3　ハイボール

電話があったのは、翌日の午過（ひるす）ぎだった。

私は用事を二つ済ませ、仕事で東京にいなければならない理由は、なにもなくなっていた。

「礼を申し上げますよ。いや、ほんとに助けて貰えるとは、考えてもいませんでした」

「おまえの借金は、十万ぽっちじゃなかったんだな」

言うと、野本が低い声で笑った。

「親父の戦友が、そんな大金持ちだとは思わなかったんですよ。若いころ頑張った蓄えと、年金での、細々とした暮し。十万以上の額は、ちょっと言えませんでした」

「どこにいる？」

「女房のところです」

「前の女房、じゃないのか？」

「そうですね。確かに、離婚させられました。律子(りつこ)は、俺の前の女房ですよ」

「それでも、連絡はとっていたか」

「まあ、一度は夫婦だったんですから」

「今夜、『陽炎』に行く」

「久納さんが、俺から金を取り立てようってんじゃないでしょうね？」

「肝の小さな男だな、おまえ。取り立てられても、利子すら払えないから、逃げ回っていたんだろう。そんなやつから、なにを取り立てるってんだ？」

「そうですね。確かにそうです。命以外に、俺にはなにもありません」

「その命なら、俺は取り立てるかもしれんが」

冗談としか受け取らなかったのか、野本は低い声で笑った。十時だ、と言って、私は電話を切った。

午後三時を回ったころ、東京支社の幹部が、雁首（がんくび）を並べてやってきた。事業の報告を聞くのは、嫌いではない。おかしな点は、即座に指摘もできる。しかし、事業に熱意を燃やしてきた、というわけではない。どこか、冷めていた。熱くなりきれないところが、大きな失敗もしなかった理由かもしれない。

東京支社の幹部たちとは、夕食会も予定されていた。私の部屋のダイニングに、六人座れるテーブルがある。ルームサービスで、和食のコースがとってあった。

私はビールを一杯飲み、冷酒を舐めた。私が口にしないかぎり、幹部たちも決して手をのばさないのだ。

夕食会が終ったのが九時で、ひとりになると、私はジャケット代りのオイルスキンを羽織り、外へ出てタクシーに乗った。

三十分ほどで、『陽炎』の前に着いた。夕方の、道路が混雑する時間は過ぎたということなのだろう。

ドアを開けると、やはり古いジャズが流れてきた。

カウンターに、男がひとりいる。奥の席には五人で、客はそれですべてだった。

私は、男の隣に腰を降ろした。

「ハイボールを。ステアはしないでくれ」

私の註文に、カウンターの中の律子が頷いた。

「ハイボールっていう昔の言い方、いまじゃ気障なものになっているなあ」

男が、ぽつりと言った。それが野本精一だろうと、私は勝手に決めた。

「古いジャズには、ハイボールだろう」

「それは、そうかもしれませんね」

男が、煙草に火をつけた。私は、出されたハイボールに口をつけた。

「水やソーダで割った酒、悪くはないでしょう」

「調合がな、確かに決まっている」

「親父、これだけはこだわりがあったんですよ」

私は、もうひと口、ハイボールを口に運んだ。

「なぜ、おまえがこれを受け継がなかった？」

「馬鹿げているように思えましてね、そのこだわりが。味わうために飲む客なんて、いやしない。ただちょっと酔いたくて、飲んでるだけでしょう。そこにこだわりが溢れかけたグラスを出されたんじゃ」

「こだわりを飲もうとする、おまえのような人間ばかりではないさ」

私は、シガーケースから、モンテクリストを一本出した。吸口を切り、火をつける。

「酒を、ただ酒と思い切れなかったおまえは、やはり酒場にむいていなかったってことか」

「かもしれませんね」

野本は、オン・ザ・ロックを飲んでいる。ボトルは店のもののようだ。昨夜キープした私のボトルは、まだほとんど減っていない。

「なんで、俺みたいな男に、大金を出してくれたんですか。あんたにとっちゃ、端金なんですか?」

「金に端金なんてないだろう。額があるだけだ。あの額で人生を失いかけているおまえは、安い男だ、と思っただけさ」

「安い男ね。確かにそうです」

野本が灰皿に置いた煙草から、煙があがっている。私は手をのばし、それを揉み消した。こういうだらしなさがいつまでも馴染めない、というのは、外科医だったころの習性が、まだ残っているからだろうか。

「ところで、助けて貰った俺は、なにをすればいいんですか?」

「なにかできるやつが言う科白だ、それは」

「徹底的に、俺は否定されるわけですね」

「否定などと、面倒なことはやらんな、俺は。おまえが野本太一の息子でなかったら、俺には見えない。いない人間だ」

「親父に、感謝すべきなんですかね」

「おまえの感謝など、野本は欲しがらんさ。野本の息子だということで、俺が勝手にやっているこことだ。だから、俺に感謝する必要もない」

野本が、新しい煙草に火をつけた。私は、ハイボールを飲み干した。二杯目は、ちょっと間を置くことにした。

私の註文を待つでもなく、律子はカウンターの中でぼんやりしていた。音楽が終った。しばらくしてそれに気づき、律子はカーテンの奥に消えた。流れてきた曲は、私にはハーモニカとしか思えなかった。

「ブルースハープというやつですよ。小さなハーモニカですがね。昔のブルースじゃ、よくこいつを使っていたんです」

「リズムも、ジャズとは少し違うという気がする」

「デルタブルースという、初期のものです。その誕生を説明するのは面倒になりますが、黒人霊歌を源流とするジャズとは、微妙な違いがあります」

そういう違いを聴き分けてなにか考えるほど、私の感性は柔軟ではなかった。生き方と同じように、耳も変えられない。

律子が、カーテンの奥から出てきた。

「親父は、音楽が好きだったのか？」

「なんでも聴くってわけじゃありませんでしたが、レコードを買い集めるのは、趣味でしたよ。何千枚も集めたな。それから、戦友の消息を捜すのが、趣味でした」

「それは、趣味とは言わん」

「俺には、趣味としか思えませんでしたね。いや、そう思いこまなければ、あれは受け入れられなかった」

「俺に会ったことを、憶えているか？」

「生きている戦友は、久納さんだけでしたからね。あと俺が引っ張り回されたのは、死んだ戦友のところばかりでしたし」

私は、長くなった葉巻の灰を落とした。灰はそのままのかたちで、別のもののように灰皿に横たわった。葉巻の灰は、頻繁に落とすものではない。ある長さに達した時、落としてやればいいのだ。

「これ、ソニーボーイ・ウィリアムソンという、ブルースハープの名手でしてね。どこで死んだかも、墓がどこにあるのかもわからない。昔のブルースミュージシャンなんて、みんな不遇だったな」

「不遇かどうか、他人がきめるものではない」

「おや、説教をしますね。大して酒も飲まないのに」

「一杯を、さっとお飲みになるのよ。ソーダが弱くなる前にね。ステアもしない。ソーダが弾ける感触がお好きなのよ」

律子が口を挟んだ。確かに、言われた通りだった。昔は、続けざまに飲んだ。だからソーダで割ると、いつも飲み過ぎた。

「そんなもんかい」

「お父さんの飲み方も、そうだったじゃないの」

「忘れた」

野本が、オン・ザ・ロックのグラスをとり、氷を鳴らした。私も、お代りの註文をした。

律子は、私のハイボールだけ作った。野本が舌打ちし、自分でウイスキーを注いだ。

「金を払わなければ、客ではないしな」

私が嗤(わら)うと、野本はいやな顔をした。

「おまえは、バーテンをやったことはないんだな」

「どうして、わかるんです」

「注ぎ方が、バーテンの手つきではなかった。ただの酒飲みの手つきだ」

「確かに、俺はただの酒飲みですよ。別にウイスキーじゃなくてもいいし」

私はまた、あまり炭酸が弱くならないうちに、グラスの酒を飲み干した。それから、消えた葉巻に火をつけ直した。

灰皿に置いておけば、葉巻は自然に消える。揉み消す必要などないのだ。

「なにをやってる人なんですか、久納さんは？」

「土建屋だ」

「ふうん、道路なんかを造ってるわけですか？」

「いまは、普通の建物も造る。港湾の施設とかもな」

「それじゃ、建設会社だ」

「復員して、しばらくは医者をやっていた。みんなは、なぜ医者を続けんのか、と言っていたがね」

「軍医だったんですか？」

「医学部を出て、臨床の経験も積まないうちから、海軍にとられた。臨床は、全部軍艦の上だ」

「軍医だから人を殺してない、なんてことはないよね、久納さん」

「殺したさ。戦場に出て、仕方なく敵を殺した人間より、ずっと多く人を殺した。それも、味方をだ」

　野本が、ちょっと肩を竦めた。

　ブルースハープの曲は、まだ続いていた。私は、氷だけになったグラスを見つめていた。ハーモニカを大事に持っていた、若い水兵がいた。少年兵だったのかもしれない。私の腕の中で死んでいく時、ハーモニカを握りしめ、なにか言おうとした。誰かに、形見として届けて欲しい、というようなことだったのかもしれない。戦闘中で、聞きとれなかった。私はそのハーモニカを、手に握らせたまま、水葬に出した。

すでに戦争末期のころで、水葬という名の死体遺棄は、毎日のように行われていた。あのハーモニカも東シナ海に沈み、二度と音を出すことはなかっただろう。

「ハイボール」

私は言った。律子が、意外そうな顔で私を見つめ、そこから新しい氷を入れたグラスにウイスキーを注いだ。

「その葉巻、匂(にお)いはいいな。ハバナ産ってやつですか？」

「そうだ」

「名前は違うようだけど、やっぱりハバナ産を喫(す)っている男を知っているな。狷介(けんかい)な男でしたよ、やっぱり」

「やっぱり？」

「久納さんが、砕けた、友好的な人には見えません」

「なんという葉巻だった？」

「さあ、それは。まだ五十代で、久納さんと較べるとかなり若い」

「そうだな。五十代なら、確かに若造だ」

私は、煙を吐いた。

喋(しゃべ)ることにしばしば屈託を感じるが、野本がつまらない借金をして逃げ回る男とは、私には感じられなかった。

なぜそう感じるか、根拠はない。さまざまな人間を、見続けてきた。それも、汚れた部分ばかりだ。

汚れきっているという感じが、野本にはなかった。

「おまえ、親父の知り合いから、ほかに借金をしているだろう？」

「久納さんにだけですよ、貸してくれと言ったの。本気で、貸して貰えるとも思ってませんでした。久納さんの名前が、親父にとって特別なものだったんでね」

私にとっても、野本太一という名前は、特別なものだった。親しくしてきたというのではなく、戦友という意味においてだ。

「なにかあれば、久納さんが助けてくれる。親父をじゃありませんよ。親父は、人の助けなんか求めちゃいなかったし。おふくろが死んでからは、すべてが戦友、戦友で、その戦友になにかあれば、久納さんは助けてくれる、と信じてましたね」

「助けたかどうかは、わからんな」

「実際、俺は助けて貰いました。それに、死んだ戦友のところには何度も連れていかれたけど、生きている戦友に会ったのは、久納さんだけです」

「しかし、十万円貸せとはな。おまえの借金にゃ、焼け石に水だろう」

「返済のために、貸してくれって言ったんじゃありません。貸して貰えるかどうか、戦友の価値ってやつを知りたかった」

戦友でしょう、と言った野本の電話の声を、私ははっきり思い出した。

「それにしても、ここに現われて、俺の借金をきれいにしてくれるなんてね。俺はそれを頼んだわけじゃありませんよ」

「俺も、頼まれてやったわけじゃない」

「戦友ですか。亡霊みたいな言葉だな。俺には、やっぱり理解できませんね」

私は、三杯目のハイボールを飲み干した。いくらか、炭酸が弱くなっていた。

「おまえ、仕事は？」

「ミュージシャン。いまじゃなく、少し前まではですけど」

足もとに置かれている、黒いハードバッグが気になっていた。楽器用のものだ。

「自分で、なにかやるのか？」

「音を出すこと、昔から好きだったんですよ。親父のレコードを、毎日のように聴かされていたからかもしれない」

奥の席の客が立ちあがり、律子は見送るためにカウンターを出ていった。

「まあ、なんとか客は入っている店か」

「そこそこですね。女ひとりが食っていくには、充分でしょう。二階に住んでいるわけだし」

「おまえは、どこに住んでいる？」

「住所不定ってやつです。この間まで、ある街のマンションに住んでいましたが」

律子が戻ってきた。女の子に、もう帰ってもいい、と言っている。

「学生なんです。お客さんの人気はあるんだけど、あんまり遅くまでは働かせられません。まあ、大した時給でもありませんし」

十一時を回ったところだった。

奥でジーンズに穿き替えた女の子が、おやすみなさい、と挨拶して出ていった。

4 トランペット

野本は、大して酒が強くなかった。オン・ザ・ロックを四、五杯で、もう呂律が回らなくなっている。

新しい酒を注いでも、律子がたしなめるでもなかった。いつも、こんなふうにして、だらだらと酔い続ける男なのかもしれない。

「俺は、ごめんだな」

「なにがだ？」

「人を殺しに行って、自分が死ぬかもしれなくて、そのあと戦友だなんだとほざくのは」

「好きで行った人間など、いない」

「まあね、それはわかってます」

律子も、飲みはじめていた。話に加わってこようとはしない。野本が、眼を閉じた。老いて、疲れきったように見える。

「おまえ、なにかこわがっているな？」

「俺がですか。世間ってやつはこわいですね。離婚したので、もう女房はこわくないですが。これでも、結構な恐妻家だったんですよ」

律子の表情は動かなかった。酔いのたわ言だと思っているのかもしれない。

「ほかに、こわいものはないですね。借金はきれいにして貰ったし、次に借金をしようって予定はないし」

借金に借金を重ねて追い回されている男、という私の予断は、かなりはずれているのかもしれない、という気がしてきた。

「なぜ、別れた」

野本にではなく、律子にむかって私は言った。律子は、曖昧（あいまい）に表情を動かした。

「この人が、勝手に別れると言いはじめたんですよ。時々、おかしくなるんです。そうなると、あたしには止められなくて」

「別れても、連絡はついたわけだ」

「結婚している時も、ふらりと出ていって、ふた月も三月も連絡がつかなくなる時はありました。大抵は、どこかの街で働いていて、連絡はしてくるんですが」

「ミュージシャンとして、働いているということか？」

律子が、曖昧に頷いた。

「昔は、バンドも持っていたんですけど、人と上手に付き合えないところがあって」

「おい、余計なことは言うな。おまえは、もう俺の女房じゃねえんだぞ」

「じゃ、そんな口も利かないで。ここのお勘定も、払って頂戴（ちょうだい）」

「そういう言い方は、やめろよ、律子」

「そうね」

私は、ゆっくりしたペースで、ハイボールを飲み続けていた。酒は、弱くない。というより、それほど深い酔いの中に入ることはない。だから、日ごろはほとんど飲まないのだ。

「なあ、久納さん」

野本が、私の肩に手を置いてきた。

「狎（な）れるな」

私は、野本の手をふり払った。

「そんなつもりはありませんよ。ちょっとばかり、あんたを泣かせてやろうか、と思っただけです」

「ほう、俺を泣かせるだと。おまえに、なにができる?」

「簡単ですよ。親父は、すぐ泣いた」

「おまえ、どれだけ俺のことを知っている?」

「知らなくても、泣かせられる。おい、レコード、とめな」

かかっているのは、黒人女性ボーカルの、古いジャズだった。

「あんた」

「いいから、とめろ。とめてくれよ。誰だって涙が出るってことを、久納さんに俺は教えてやりたい」

律子が、カーテンのむこうに消えた。

しばらくして、音楽がとまった。律子は、出てこない。

野本が、足もとのハードバッグをカウンターに置いた。出てきたのは、トランペットだった。

野本が、白い布でそれを拭った。その時だけ、野本の顔に、いとおしむような表情がよぎった。トランペットは、ひと眼で年季が入ったものだとわかった。

「これ、俺の命みたいなもんでしてね」

「なんとかいうバイオリンと同じように、骨董品(こっとうひん)というわけか」

「まさか。せいぜい百万のトランペットです。ただ、俺と一緒に生きてきたってだけで」

「なら、なにか聴かせてくれる、ということだな」

「吹きますよ。店の看板の灯も、もう落としたことだし。俺はこれでいままで」

「御託はいい」

私は、野本の言葉を遮った。

「本気で吹いてみろ」

「わかりました。御託なしでね」

野本が立ちあがった。

無造作に、トランペットを口に当て、吹きはじめる。

全身に、戦慄（せんりつ）が走った。

海ゆかば。

トランペットで聴くのは、はじめてだった。音に、乱れはない。心を、いきなり締めつけてくるような音だ。私は、持っていたグラスを、カウンターに置いた。

心は揺さぶられるが、それは涙が出るような情動とは違っていた。悔悟に似たようなもの。多分、そうだろう。ここまで、生きのびてしまった。何人もの兵を死なせながら、のうのうと暮してきた。

あの海を、思い浮かべる資格さえ、私にあるのかどうかわからない。

野本は、静かな眼をして、吹き続けている。技術も、大変なものだということはわかった。しかし、なにかひとつ足りない。それもまた、多分、過去への悔悟だ。そして、ほんとうの思い。

私は、眼を閉じた。こんな場所で、こんな男に、吹いて欲しい曲ではない、と思った。

吹き終えた野本が、スツールに戻ってきて、まず布の上にトランペットを置いた。それから、オン・ザ・ロックを呷(あお)る。

「泣きませんでしたね、久納さん。戦友への思いが足りないなんて、俺は言いませんよ。これを吹くたびに泣く親父を見ていたけど、その程度のものか、とちょっと白ける気分でしたから」

「うまいな」

「そいつはどうも」

「自分で気づいてると思うが、おまえのトランペットには、なにかひとつ足りない。ずっと足りないまま、ここへ来てしまったんだろうな」

束(つか)の間、野本の視線は射るように私にむけられた。それから、低く笑った。

「駄目な男なんですよ」

「自分が駄目だとわかっているだけの、どうにもならない駄目なやつだ」

「そうですね」

野本が、グラスにウイスキーを注いだ。

律子がカーテンの奥から出てきて、ちょっとトランペットに眼をやった。この女は、愛してはならないものを愛したのだろう、と私は思った。それがつまり、このトランペットだ。

「あの曲は、もう吹かないはずだったのに」

「いいさ。親父の戦友だぜ」

「いいものを聴いたよ」

私は、律子にむかって言った。

「駄目な男だ。ねじ曲がってもいる。しかし、ほんとうに腐りきってはいない。俺は、そう感じたぞ」

「これでも、一時は、トランペットなら野本精一と言われていたんです。それでも、人とうまくいかないものだから」

「自分の扱いが、気に食わん。自分が中心でなけりゃならん。それで、人と揉める。なんとなく、わかるな」

「怪我(けが)させたりしたこともありましてね」

「天才なら、それでも人に受け入れられる。受け入れられなかったのは、おまえが天才ではなかった、ということだ」

「天才ねえ。久納さんは、ほんとうの天才がわかるんですか？」

「天才じゃないやつは、わかる」

言うと、野本が低い声で笑った。

私は、短くなったモンテクリストを棄て、新しい一本を出して吸口を切った。

私が葉巻に火をつける様子を、野本がじっと見守っていた。

「なにをこわがっているんだ、おまえは？」

「葉巻を」

「こんな代物が、こわいのか？」

「葉巻を喫っている男が」

「めずらしいってほどじゃあるまい」

「さっき、もうひとり葉巻喫いを知っている、と言いましたよね」

「そいつが、こわいか？」

「怒りを、買いました」

「やくざ組織の、ボスとでもいうわけだ」

「いえ」

「じゃ、なにをやってる、そいつは？」

「いいじゃないですか、もう」

「おまえの眼の怯(おび)えは、いつまでも収まらんからな」

「そいつが現われたら、黙って殺されればいいんです、俺は」

「ほう、殺されるようなことを、やったか」

「その男にじゃありませんがね」

「それは、俺も助けようがないな」

「別に、助けて貰いたいとは思ってませんよ。ただ、そいつが現われるまでの時間が、俺には耐え難いんです」

「ここには、現われないのか？」

「二度、来ています」

律子が言った。それから、カウンターのトランペットに手をのばした。

「どこから見ても、男としか感じられないような、強烈な印象の人です。どこか、淋(さび)しそうでもあるし。なんとなく、久納さんに似ていますわ」

「それで、威(おど)されたか？」

「そんなことは、まったく。紳士的に、二、三杯飲んで、この人がいないことを確かめると、黙って帰っていきます」

「こわいな、それは」

私は、葉巻の煙を口から押し出した。二本目になると、モンテクリストの煙は、いささか重く感じる。

「いっそのこと、そいつの前に行って、殺されるんだな」

「殺されるだけなら、いい」

吐き出すように、野本が言った。

「俺が俺でないようにして、そいつは俺を殺しますよ」

「それだけのことを、やったということだろう。その葉巻喫いにじゃなく」

「やりましたね」

また、野本が笑った。

「おまえが、ほんとうに怯えているのはわかる」

私は、葉巻の煙を、口から押し出し続けていた。

「しかし、その男のことは、よく見えてこんな。二人で、説明されてもだ」

「説明する気なんか、俺にはありません」

「借金の取り立てから逃げ回るのは、その男から逃げ回ることにもなっていたんですよ、この人」

「女々しいやつだ」

「そうなんです。あたしには、その男がこの人を、有無を言わせず殺すなんて、とても思えないんですが」

「俺は、あの男の本質を知ってる。逃げて、逃げ回れ、と言ってくれた人もいる。その人は、あの男を殺人犯になんかしたくない、という理由で、俺にそう言ったんだ」

「もういい」

私は言い、新しいハイボールを仕草だけで頼んだ。律子が、氷を割りはじめる。

「音楽が欲しいな」

ハイボールが出された時、私は言った。

律子が頷き、カーテンのむこう側に消えた。しばらくして流れてきたのは、ビリー・ホリデーだった。これぐらいなら、私もその名を知っている。

私の船でも、音楽が聴けるようにはしてあって、時々ビリー・ホリデーがかかっていることもあるのだ。私というより、むしろ水村の趣味だった。

ドアが開いた。

入口の方に眼をやっていた野本の全身が、硬直するのがわかった。

閉店ですという言葉も、律子の口から出なかった。私は、入口の方をふり返った。大柄な男が、ひとり立っていた。

見知った顔だった。私を見て、大して驚きもせず、困ったような表情をしている。

「モンテクリストの匂いがしたんで、誰かと思えば」

その男は、白い歯を見せて笑い、私のそばまで歩いてくると、並んでスツールに腰を降ろした。コイーバを出し、吸口を切り、長いマッチで丁寧に火をつけた。

「葉巻の匂いを嗅ぐと、どうしても自分でも喫いたくなっちまいますね、久納さん」

厄介な男だった。私が厄介だと感じる男は、この世に何人もいない。

「俺に用事というわけではないな、川中？」

「野本精一に。ずいぶんと捜しましたが、借金がきれいになったという話を聞きましてね、N市から車を転がしてきました」

川中が、コイーバの煙を吐いた。

私は、モンテクリストを、灰皿に置いた。それから、もう一度川中と眼を合わせた。川中が、人懐っこい笑顔を返してきた。

ビリー・ホリデーが流れ続けている。確か、『ラバー・マン』とかいう曲だ。水村は、この曲になにか思い入れがあるのかもしれない。しばしば、錨泊の船上で流れていた。

「あの腐れタウン、どうなってます？」

「腐れタウンか」

新品の、どうにもならない俗物的な街の方々に、錆が出はじめていた。いきなり、小さな村がひとつの大きなリゾート都市に変貌したのだ。その過程で露呈されたのは、人の腐れた部分ばかりだった。

「腐れた街は、腐れた街なりに、いまやっと人の臭いを放ちつつあるな」

「それは、前からありましたよ。欲と憎悪にまみれた人の臭いは。外から見ていて、なんという臭いなのだと、鼻をつまんでいたもんです」

「それが、人の営みの臭いに変りつつある。歳月が過ぎた、ということなのかな」

「久納さんは、あそこを地上から消してしまいたいんでしょう、いまも？」

「消せんな、たやすくは。人らしい営みも、見えてくるようになったし」

「それでも消してしまうのが、久納義正という人だ、という気もしますが」

「若いころなら、そうしたかもしれん」

野本が、スツールから動こうとした。川中の一瞥で、凍りついたようになった。川中が、コイーバを灰皿に置いた。

「ところでその男、俺が貰いたいんですが」

「こいつか」

私が眼をくれると、野本はうつむいた。観念したようにも、なにか頼んでいるようにも見えた。私は、モンテクリストの煙を、一度吐いた。川中には、つまらない手管など通用しない。威しも、威しと感じはしない。

「渡せんな」

私は、それだけを言った。

「連れていくなら、俺を殺してからにしろ」

「これだ」

川中が、ちょっと肩を竦めた。

「久納さんを見た時から、いやな予感はしていたんですよ。かなり厳しいことになるのかもしれないってね」

「こいつは、おまえにただ怯えていた」

「怯える資格もない。俺は、そう思っていますよ」

「そんなこと、俺は知らん。怯えている男がいる、と教えただけだ」

「怯えているから、懐に抱きこんで守ろうっていうんですか？」

「俺が、そんな甘い男だと思うか？」

「思いません。野本を守る理由がある。その理由を、久納さんは言うつもりがないし、言われても、俺が理解できることじゃない」

さすがに、川中はこの場のありようを、しっかり読んでいた。私が野本を守るのは、ただ戦友の息子だからだ。

戦友というものに、どれほどの意味があるのか。人に説明できはしない。戦友と会うのを嫌う人間もいる。昔のことだと、割り切ってしまう者もいる。そして私のように、無意味にこだわり続ける変り者もいるのだ。

「困ったな。その男を貰うためには、久納さんを殺さなけりゃならないんですか」

「俺は、おまえに殺されて死にたいとは、思っておらんが」

「話し合いはできないんですね？」

「無駄だ」

ビリー・ホリデーはまだ続いていた。曲は変っている。

「しかし、俺は諦めませんよ」

「それも、わかる」

「折合いがつかないってことですね、今夜は」

「今夜だけでなく、これからずっとだ」

「久納さんが、いつもそばにいるとはかぎらない。そいつが、ひとりで出歩くことも考えられるし」

「そうだな」

私ひとりで、野本を川中から守り切るのは、到底できないだろう。しかし、いろいろな人間を使うとなると、川中もN市から何人も呼ぶことになる。それは、ほとんど戦争のようなものだ。

「そのあたりで、話し合いの余地があるということか」

「でなけりゃ、ひどいことになりかねませんし」

「いいだろう。取り決めを作ろう」

　ようやく、ビリー・ホリデーの唄声が熄んだ。店の中が静かになった。カウンターの中の律子は、身動きひとつしない。

「おまえ、N市から誰も呼ぶな。おまえひとりでやれ。俺も、人を動員することはせん。ひとり、この男に付けるだけだ」

「いいですよ。俺は、俺ひとりの思いで動いているんですから」

「じゃ、若月の小僧を付ける」

「ほう、水村じゃなくて」

「水村なら、殺し合うのは互いにつらいだろうからな」

「いいでしょう、ソルティをね。久納さんを殺すよりは、気が楽だ」

「おまえが殺されると、俺は寝醒めは悪いがな」

「ま、それも、久納さんの意地の結果ってことでしょう。俺の心配より、ソルティの心配をした方がいい、とは思いますが」

「女房、子供がいるが、そんなことは気にしなくていい」

「残酷な話だ。俺はそいつを貰うためには、なんでもやりますよ。つまり、久しぶりに本気だってことです」

　この男が本気と言えば、本気なのだ。私は、黙ってそれを受け入れるしかないだろう。

「俺のほかに、そいつを殺しに来るやつがいるかもしれません。しかしそれは、俺とは関係ないと考えてください。勿論、うちの人間ではありません」

「わかった」

「じゃ、今夜は飲みませんか？」

「悪くないな。こいつは、帰すぞ。どこへ帰るかは知らんが」

野本は、私を頼るしかない。滞在しているホテルは、自分で調べるだろう。

「出ていけ」

私は野本に、それだけを言った。なにか言いかけた野本が、川中が右手を動かすと、トランペットのケースを抱えて、逃げるように出ていった。川中は、グラスをくれと、律子に合図しただけだった。

「久しぶり、ですね」

川中もボトルをキープしていたようで、ストレートグラスに自分で注いだ。

「おまえが生きているのが、俺には不思議だという気がするが」

「これでも、大人しくなりましたからね」

「そういう眼ではないな」

律子は、カウンターの中でじっとしている。野本が出ていく時も、見送ろうとはしなかった。

「音楽、頼むよ。この爺さんの声は、耳もとでは響きすぎる」

川中は、出ていった野本のことを、気にした素ぶりをまったく見せなかった。事実、気にしてはいないのだろう。そういうところは、驚くほど茫洋とした男だ。

律子が奥へ消え、しばらくして音楽が流れはじめた。私の知らない声で、知らない曲だった。

「あの若造も、生きているのか？」

「坂井ですか、それとも高岸？」

私は、消えたモンテクリストに、マッチで火をつけた。

「いずれにしても、俺のまわりにいる人間は、誰も死んじゃいません」

「小僧じゃない。宇野という若造さ」

「キドニーですか。キドニーが若造ねえ。久納さんから見ると、そうなのかな」

「腎臓が駄目になっている分だけ、おまえよりは大人かな」

言うと、川中がにやりと笑った。

「透析が、あいつの人生ですね」

「それだけ生きている、ということだろう」

「そうなりますかね」

川中が、グラスのウイスキーを口に放りこんだ。それは放りこむという言い方がぴったりで、見るたびにその鮮やかさに感心する。真似てみようとは、思わなかった。

「キドニーは、この件に一枚嚙んでますよ。N市から野本を逃がしたのが、あいつでしてね」

川中を人殺しにしないために、宇野はそうしたのだろう。そういう人間がいたと、野本も言っていた。

「事あるごとに、あいつはなぜか俺の前に立ち塞がります。健康な躰だったら、ぶちのめしてやるところですが」

そうは言っても、宇野の心情を最も理解しているのは、川中だろう。川中と宇野は、屈折した、奇妙な友情で結ばれている、と私は感じていた。

私の人生に、そういう友人は現われなかった。

私は、新しいハイボールを律子に頼んだ。律子が、ぎこちなく手を動かした。

「おまえが来る少し前に、野本がトランペットを吹いた。なかなかの腕なんだろう、と俺は思ったがな」

「それでも腐れトランペットですね、あいつのは」

「トランペットだけは、ちゃんとしてるんです。あの人が、川中さんにどういう御迷惑をおかけしたか知りませんが、トランペットは命なんです」

「奥さん、楽器としてのトランペットは、ちゃんとしている。しかし、吹く人間は腐っていて、どうしようもなく腐った音しか出ない。伎倆とかなんとかの話ではなくてね」

「トランペットを、あの人から取りあげるんですか？」

「トランペットの持主がいなくなる。それだけのことだ。誰か、腐っていない人間が吹くことになれば、それなりの音を出すんでしょう」

「あたしは、トランペットだけは、吹かせ続けてやりたい、と思います」

「音が腐っている。それは、久納さんにもわかったはずだよ」

父親を涙ぐませるために吹き、得意になって私にも聴かせた曲。つまるところ、最も大事なものがひとつ、欠けてしまっていたのだ。そしてそれを、多分、野本自身も気づいている。

気づいていないのは、律子だけということなのか。野本に対する未練は、トランペットに対する未練なのだろう。

「あたしは、ペットを口に当てたあの人の姿だけは、神々しいとさえ思います。時々、悪戯（いたずら）みたいに、軍歌なんかを吹いたりしましたが、遊びです、それは」

「ならいいがね。遊ぶ資格もない男だと、俺は思ってるよ」

川中が、自分で注いだウイスキーを、また口に放りこんだ。それから、灰皿に置いて消えたコイーバに、もう一度火をつけた。

味が上品すぎて、私はコイーバをあまり好きではなかった。モンテクリストの一番長いサイズが、最も葉巻らしいと私は思っている。甥（おい）の忍（おし）など、さまざまな葉巻をヒュミドールに入れ、鍵(かぎ)までかけているが、あんなものは邪道だった。

「俺は時々、人はなぜ争うために生きるのだろう、と思います」

「無用な争いばかりくり返してきた、おまえが言うことか」

「俺にとっては、無用ではなかったという言い方しかできませんが」

「なら、意味は自分で考えろ」

「億劫(おっくう)ですね、考えるのは。だから、久納さんに教えて貰いたいですよ」

「人は、無意味にただ生きる」

「じゃ、争いも無意味ですか？」

「そういうことだ」

私が言うと、川中は白い歯を見せ、少年のように笑った。

5　キドニーの伝言

若月がホテルにやってきたのは、翌日の夕方だった。

なんの説明もなく東京に呼び出されたことが不満なのか、仏頂面をしている。私は、テーブルのむかい側の椅子(いす)を指さした。

「おまえが、俺のことを姫島(ひめじま)の爺(じじい)と呼んでいることは、知っている」

「さん、を付けてますが。爺さんと」

「そんな老いぼれに見えるか？」

「老いぼれと言うより、老人であることは、年齢から否定できないと思います」

「おい、小僧。いつから、そういう七面倒臭い喋り方をするようになった」

「老いぼれだ、と思っています。それも、食えない老いぼれだと。気がつくと、こっちが這いつくばっている。そんな、油断できないところもあります」

「では、老いぼれを、助けてくれ」

「会長が、俺に頼むんですか？」

「命令はできん。なにしろ、生きるか死ぬかのことをやれというんだからな」

若月の眼が、不意に光を帯びた。

「手強いやつが、相手だ。おまえとそいつの、差しの勝負になる、と言ってもいいだろう」

「悪くないですね。こりゃ、まったく悪くない話です」

若月は、いま妻子と別居中で、離婚するかもしれない、とも言われていた。そんな街の噂も、私のところには流れてくる。

「そんな話、いまじゃ滅多にありません。うずうずしますよ」

「相方の波崎が死んだ。それ以来、おまえは忍の言うことを、あまり聞かんようだな」

「つまらないことを言われた時は、聞きませんね。忍さんは、あの街を平和なものにしようとしています。糞みたいな、平和な街にね」

若月には、忍のやることが偽善に見えるのだろう。あるところまで、あるいは街を全部、破壊してしまうのが、最善の道だと思いこんでいる。そこのところだけは、私と一致しているのだった。

「これは、俺が頼むことだ」

「ひとつだけ、訊いていいですか？」

「言ってみろ」

私は、モンテクリストの吸口を切った。

「そういう仕事、水村さんの担当と考えるのが、当然だと思うんですが」

「水村にとっては、相手が悪すぎる。相手にとっても、同じだ」

「わかりました。それで、俺なんですね」

「水村と較べると、力は落ちるが」

若月は、理由もなにも訊かず、ただ自分がなぜ選ばれたかだけを気にした。わかれば、もう余計なことは言わない。

「男がひとり、このホテルの部屋にいる。トランペッターというやつで、東京の生まれ。俺の友人の息子だ」

「会長の、友人ですか？」

「俺に、友人がいておかしいか、小僧？」

「会長の友人は、干物屋の親父ぐらいだと思っていましたんで。定期的に葉巻と干物を交換する、あの漁師の親父ですよ」

その老人の干物は、釣りあげた魚をすぐに干物にするのだ。血は完全に抜き、背開きにし、一時間ほど海水に浸けるのが、唯一の塩気だ。天気を見て、干物作りに適当な日にしか、船を出さない。

一見、簡単に思えるが、私が何度やっても、同じものはできないのだった。

「とにかく、友人の息子だ。友人は、東京のそれほど繁華街でもないところで、長い間バーをやっていたが、二年前に死んだ。いまは、息子の女房がやっている」

「息子というのは、ミュージシャンなんですね」

「野本精一という。一度、俺はトランペットを聴いた」

「聞いたことがある名前だ、という気がします。バンドを持っていたんじゃないかな」

「いい時期も、なかったわけではないらしい。いまは、腕の廃れたラッパ吹きだな」

私がモンテクリストに火をつけると、待っていたように若月も煙草をくわえた。

「野本精一を、守れ」

「わかりました」

「そりゃ、刺激的です。場合によっちゃ、相手を消してもいいってことですね」

「川中良一だぞ」

口に運びかけた煙草を、若月は宙で止めた。しばらく考えるような表情をしている。それから煙草をくわえ、二、三度続けざまに煙を吐いた。

「名を聞いて、怖気付いたか、小僧」

「川中さんとはね。そりゃ、殺すなんて言葉が、ただの言葉じゃなくなります」

「俺は、ただの言葉は吐かん」

「川中さんか」

「途中で逃げるなら、いまのうちにやめておけよ」

「逃げませんよ」

若月が、煙草を揉み消した。

「滅茶苦茶こわいですが、それだけ刺激もたっぷりということです」

「わかった。頼んだぞ」

「川中さんだから、水村さんを持ってこられなかったわけですね。やっとわかりました」

「それ以上のことは、わからなくていい」

「その気もありません。あの川中良一とやり合う。そりゃ、すごいことですから」

「野本に、会ってこい」

頷き、立ちあがってドアにむかいかけた若月が、ふりむいて頭を下げた。

私は、窓際に立った。東京の街並が、眼下に見渡せる。薄暮で、車のライトはまだぼんやりしていた。

「はじめてしまったことだ」

自分が、独り言を言っていることに、私は気づいた。確かに、はじめてしまったことではある。そして私は、一度はじめたことを、決して後悔しないような生き方をしてきた。それが、途中で誤りであると気づいたとしても、押し通してきたのだ。

野本のように、戦友を訪ねるというようなことを、私はしなかった。戦争での自責の念などは、胸の奥に収(しま)いこんできたのだ。

そして私は事業をやりながら、医学についても勉強を続けてきた。もしかすると、死ぬしかない人間を助けられるかもしれない、という幻想から逃れられなかったのだ。

それが幻想だとわかったのは、七十を過ぎてからだろう。医師免許は、それでも持ち続けている。

私が経験した地獄は、死ななくてもいい人間が死んでいくという、生き残った人間を苛(さいな)み続ける残酷さを持っていて、それを時が消し去るということはなかった。

いや、地獄の色が薄れていることは、しばしば感じる。そしてそれが、また自分を責める要因になるのだ。野本も、そういう自責に駆られて、戦友の消息を探り続けてきたのだろうか。

息子が吹いた、『海ゆかば』という曲を思い出した。吹く資格もない人間が吹いたので、私の涙を誘うことなどなかった。涙でなにかが癒される、と感じたこともない。

いつの間にか、窓外の闇が濃くなり、電話が二本かかってきたので、私はデスクに腰を降ろした。東京支社の人間は、すでに仕事を終えた私がまだホテルに留まっていることに、恐怖にも近い感情を抱いているようだ。自分たちの気づかない、失態があるのではないのか。なにか、自分たちが想像もできないようなことを、考えているのではないのか。

そういう恐怖が、どうでもいいことについて、指示を仰いでくるという行為に繋がっているのだ。経営者として、私は失敗はしなかったが、どうしようもないほどの孤絶の中に、長い間いたということなのだろう。

それについての贖罪のように、私はひとつひとつについて、細かい指示を出した。恐怖を感じている幹部たち、その下にいる社員はみんな、私が作った会社に人生を賭けているのだ。会社はともかく、私には人生を賭けて貰える価値など、毛ほどもありはしない。

また、電話が鳴った。受話器を耳に当てると、川中の声が聞えてきた。

「キドニーからの、伝言です」

「宇野だと？」

「どちらが長生きできるか、レースでもやっている気分だ。そう、久納さんに伝えてくれ

ということです」

「そういうことは、順序というものがある」

「その順序が滅茶苦茶になったところで、久納さんは生き延びてきたんじゃありませんか」

「だから？」

「俺は、キドニーの伝言を伝えただけです」

宇野は、間違っても、私に死ぬようなことはするな、と言っているのだろう。川中に伝言を託したことで、川中を殺人者にしないでくれとも頼んできている。

「宇野は、いまどこだ？」

「N市から動きませんよ、やつは」

「そうか。宇野とはレース、おまえとはゲーム。俺がそう言ったと、返しておけ」

「了解」

「おまえは、いまどこだ？」

「ホテル・カルタヘーナ。どうせ、結着はこの街でつくだろうと思いましてね。先乗りというやつです」

今夜は、忍と二人で、コイーバをくゆらせながら酒でも飲むのだろう、と私は思った。

葉巻をほんとうに愛していない者は、すぐに酒と組み合わせたがる。

「俺も、二、三日で帰るつもりだ」

「ほう、二、三日も。東京は、久納さんの肌には合わないでしょう」

「やっておきたいことが、まだあってな」

「それは、俺には関係なさそうだな」

「野本はいま、若月と一緒にいる。川中が相手だと言うと、あの小僧は怯えたな。あるかなきかの見え方しかしなかったが」

「キドニーには、言われた通りのことを、伝えておきます」

それで、電話は川中の方から切れた。

私は、デスクにあった書類を、読む気もなくただ拡げた。数字が並んでいるようだが、さすがにそれは老眼鏡がなければ読めない。

会社の経営が、順調であるという証拠品のようなものだった。そういうことのすべてが、ぼやけたこの数字で決まるのだ。

東京支社は、規模からいうとS市の本社よりずっと大きかった。ほかにも十二ほどの支社や営業所が全国に散らばっているが、有能な人材はほとんど東京に集まっている。

夕食の時間、料理屋から膳が届けられた。これには、私の友人の干物も入っている。ひとりだけの食事で、時間もきっちりと決めていた。

姫島にいる時は、そばで黙々と水村が食っていることもある。

私は、干物に箸をつけた。

姫島や船の上で食うのとは、どこか味が違うような気がする。潮風がないからかもしれないと思ったが、それはそれでいい味だった。

さまざまな魚を、あの男は干物にする。作り方も、魚によって違うようだ。一度そばで見たことがあり、鰆の干物を私は一緒に作った。私のものは、不味いとしか言いようがなく、その男のものは陶然とするほどの味だった。

食後に、メイドが茶を淹れにきた。その茶も、私の好みに合わせて、東京支社で用意したものだ。質素に暮しているつもりで、私はとんでもなく贅沢をしている。

茶を啜っている時、若月が入ってきた。

「別に、いまそばにいることはありませんのでね。川中さんは、ホテル・カルタヘーナですから。やつには、ルームサービスで食事をしろと言ってあります」

「おまえは？」

「会長の特別食の相伴をするには、十年早いんでしょう。ですから、外でステーキかなんか食ってきます」

「ステーキか」

「川中さん、いまでも四百グラムですからね。どうなっているんだ、と思いますよ」

「宇野から、伝言があった。面白いので、おまえには教えておこう」

「へえ、宇野さんがね」

「どちらが長生きするか、俺とレースをやっている気分なのだそうだ」

「個人的な意見を、言ってもいいですか？」

「言ってみろ」

「お二人とも、まだ死にませんよ。つまり、レースなんかはじまっていない」

「俺も、死なんのか？」

「死ねない、という言い方がいいのかもしれませんが」

「ソルティか」

「なんですか？」

「塩辛いやつだ」

「そう言われた時は、礼を返すようにしているんですが」

「どんな」

「時には、パンチを。時には、一礼を」

「やはり、塩気の足りん小僧だな」

言うと、若月が肩を竦めて一礼した。

寝室まで、二つの部屋を通りすぎなければならず、結構な距離があった。食後、三十分ほど横になるのが、私の習慣だった。しかし、それも面倒だった。

「野本は、トランペッターとしては、なかなかのものだったんですね」

「自慢話に、惑わされているのだな」

「下種野郎、という気がします。そういう臭いがするんですよ。だけど、どこかで完全に下種にはなりきれないでいる」

「おまえに、人間分析を頼んだわけじゃない」

「分析して、行動パターンを摑んでおくのが、ガードの鉄則でしてね」

「下種は下種なりにということか」

「ああいう下種を、俺は知らないんです。小悪党でもなけりゃ、臆病者でもない。川中さんをこわがっていますが、それは俺も同じですから。強いて言えば、卑怯者かな。ちょっと感じは違いますが、近いんじゃないかな」

「ああいう下種も、俺は何人も見てきた。プライドなんてものが、人生の邪魔ばかりしてきて、腐敗しはじめた。そんな類いの下種だな」

「難しいですね」

「単純なことだ。プライドの持ち方を間違えた」

「なるほど」

「そんな分析は、どうでもいいぞ、小僧。臆病者ではないが、死ぬのをこわがっている。

つまりは、どこにでもいる人間ということだ。違うか？」

「確かに」

「それで終りだ。ステーキを食いに行ってこい」

若月は、野本がどういう人間かは観察しても、川中に追われている理由など訊きもしなかったのだろう。そういうところは、私の好みでもある。

「いいステーキ屋、御存知ありませんか？」

「どういうステーキが、食いたい？」

「うちの『スコーピオン』で食わせないようなやつです」

若月の女房は、確かそういう名の店をやっていた。もともとコーヒーの店だが、ここ二、三年、料理に力を入れているという話を、水村がぽつりとしたことがあった。

「高級なやつを、四百グラムは食えん。赤身にも脂が挟まっているようなやつはな。川中が食っているのは、輸入物の、肉らしい肉だろう」

「じゃ、高級なのを二百グラム食ってみることにします」

「わかった。ここに電話をして、俺から言われたと伝えろ。どんな肉か言えば、それなりの店を紹介してくれるはずだ」

「わかりました」

若月は、淡いベージュの革ジャンパーを、片手に持っていた。靴は、数キロはある筋肉強化用のものだ。それに、ジーンズにTシャツ。

「おまえの恰好で入れてくれない店だったら、貸切りにしてしまえ。それも断られたら、明日、俺がそこを買収する」

「買収して、どうするんです？」

「閉鎖して、放置」

「どこか、反社会的ですね」

「おまえに、言われたくない。俺は、自分の金を、できるかぎり馬鹿なことに使いたいだけだ」

若月が、肩を竦めた。

「宇野さんの伝言、やっぱりなんの意味もありませんね」

それだけ言い、若月は一礼した。

6　レコード

どれほどの数のレコードか、見ただけでは見当がつかなかった。壁面を覆ったレコードに眼をやり、私は数えるのを諦めた。

「野本が好きだった。あるいは、よくかけていた。そのレコードはわかるか？」

「わかります」

律子が言った。もう、看板の灯は消してある。

「これ全部、と言うんじゃあるまいな？」

「義父が好きだったのは、せいぜい二十枚というところですわ」

「わかった。ひと晩に、十枚ずつ聴く。かけてくれ」

律子がレコードを選びはじめたので、私はカウンターに戻った。モンテクリストの吸口を切る。今日は、まだ二本目だった。

しばらくして、濁声(だみごえ)の唄(うた)が流れてきた。

「眠くなりませんか？」

律子が、奥から出てきて言った。

「昼寝をしてきた。眠りたい時に、眠れる。習性のようなものかな」

「戦争で身につけたものが、まだ生きているんですか。義父も、そうでした」

外科医の、習性だった。いつ緊急手術が入るかわからないので、眠れる時に眠れとよく言われたものだ。野本がなぜそうだったかは、わからない。

「チャーリー・パットンというんです。デルタ・ブルースで」

「この間も、そんなのがあったな。ハーモニカだった」

「ソニーボーイ・ウィリアムソン」

「名前など、聞いたはなから忘れていく。憶(おぼ)えようという気もない」

律子が、口もとだけで笑った。

私はモンテクリストの煙を吐き続け、雑音の多い唄に耳を傾けた。古い録音だから、雑音も多いのだろう。

「義父が好きだったのは、古いブルースとかジャズばかりで、殺し合いをした相手の国の唄じゃないか、とよく精一が罵(ののし)ってましたわ。義父は、平然としていましたが」

「当たり前だ。死んだ戦友は、戦争そのものに殺されたんだからな。敵に殺されたんじゃない。敵も、同じぐらい、こちらで殺している」

「そう言ってましたわ、義父も」

黙って、死んで行かなければならない。そういう場に、あのころの若い男はほとんど、身を置かざるを得なかったのだ。それが、国家や権力が強いる理不尽、とは思っていなかった。そういう時代に生まれた、というだけのことだ。

「こんな唄、耳障りなだけですか？」

「いや、いい。聴くことに集中しているわけでもないしな」

「義父も、聴きながらぼんやりしていることが多かった、という気がしますわ」

「音楽というのは、大抵の場合そうだろう。正装して聴きに行く音楽もあるそうだが、俺はごめんだ」

私はモンテクリストの煙を吐き、それが宙でわだかまり、拡散していくのに眼をやっていた。酒は、一杯目のハイボールを飲み干しただけで、二杯目は頼んでいない。

雑音の多い唄が終ると、律子は奥へ入っていった。奥はかつて本格的な厨房だったのか、結構な広さがあり、そこの壁面がすべてレコードで埋まっていた。

二枚目は、拍手が入っていた。どこか客がいるところでやって、それを録音したということだろう。三枚目が終ったところで、私は二杯目のハイボールを頼み、四枚目の途中で飲み干した。

そうやって、私は十枚のレコードを聴いた。音の中から、かすかだがなにか別のものが聴えてくる。波の音。そんな気もした。私の、『ラ・メール』に乗って聴く音ではなく、駆逐艦か巡洋艦か、そんな鉄の硬い船体に当たる音だ。

だからなんだというのだ、と私は思った。砲声が聞えようが、叫喚が溢れようが、私はただ、野本のレコードの音の中にいる。そこにいたくて、深夜、『陽炎』の扉を押したのだ。

「明日も、いらっしゃいます?」

「来るよ」

「あまり、お好きな曲はなさそうに思えましたけど」

「好き嫌いは、どうでもいい。これは、儀式みたいなものだ。終ったら、レコードのすべてを、俺が貰(もら)い受ける」

律子が、煙草(たばこ)をくわえて火をつけた。

「精一の借金をきれいにしていただいた、代償ということですか？」

「いや、買おう。いくらでもいい」

「そんなこと言われても」

「俺は、そのレコードが、野本のものだと思っていたい。それだけだ。いつまでも、ここに置いていてもいい。俺が、死んだ野本のレコードを持っていて、そしてここに置いているんだとな」

「なぜですか？」

「俺のためだ。この店がなくなり、レコードもどこかへ行ってしまうとなると、俺は手がかりがなにもなくなる。その手がかりから、なにかを手繰(たぐ)ろうっていうわけじゃない。自分の人生があった、という手がかりさ」

「そうですか」

眼を伏せ、律子は煙草の煙を吐いている。

「いままで、そんなものを欲しいと思ったことはない。なぜ欲しくなったかは、自分でもわからん。ただ欲しくなった。だから、手にしておこうと思った」

「なんでも、望めば手に入る、と思っておられるんですね」

「望んだもののほとんどは、手に入らなかった。それほど多く、望んだこともない。レコードは、かたちがある。だから手に入るかもしれん、と思っている」

律子が、煙草を揉(も)み消した。

レコードを、かたちだけでも自分のものということにして、ほんとうはなにを望んでいるのか、自分でもわからなかった。ただそうしたいと、私は思い続けた。

目立ちもしない場所にある酒場の、奥のひと隅にひっそりとためこまれているレコード。戦友などということは関係なしに、私はただそれが欲しかった。

「わかりましたわ」

新しいハイボールを作りながら、律子が言った。

「レコード、久納さんに差し上げます」

「いくらか、払わせて貰いたいんだが」

「義父は、そういうお譲りの仕方を、喜ばないと思います。一年に一度、御自分のレコードを、このカウンターで聴いていただければ、充分ですわ」

「そうか」

「奥のレコードは、いまから久納さんのものです」

私はかすかに頷(うなず)き、ハイボールを口に運んだ。灰皿に置いたモンテクリストは、消えている。それをくわえ、マッチで火をつけた。

「一年に一度だな」

明日の夜、もう一度来て、あと十枚のレコードを聴く。それで、今年の儀式は終りということだ。

「来年のために、蓄音機をひとつ運びこませる。店の飾りとしても、おかしくはないと思う。念入りに面倒を看ている男がいるので、音には味があるという気もする」

「そんな、骨董品のようなもの、こわくて預かれませんわ」

「悪くはないが、戦後のものだ。骨董品というには、かなり気がひける。それに預かって貰うのではなく、店に差し上げよう。時々、野本と俺のレコードを、それでかけてくれればいいんだ」

「そういうことなら」

「数日中に、運びこませる。運んできた男が、二、三か月に一度、メンテナンスに現われるが、無視していていい」

律子が、また口もとだけで笑った。

私はタクシーを呼んで貰い、それを待つ間、もう一杯ハイボールを飲んだ。すでに、午前二時を回っている。

「お待ちしてますわ、明日」

見送りに出てきた律子が、私の腕に軽く触れて言った。私は、ふり返らずタクシーに乗りこんだ。

ホテルに戻ると風呂に入り、すぐに眠った。

野本精一が部屋へ来たのは、私が朝食を終えた時だった。それまで、若月が止めていたのかもしれない。

「俺が、今後どんなふうになるのか、気になりましてね」

「気にするな」

「へえ、安心してろってことですか？」

「自分で自分を守れないやつが、気にしても仕方あるまい、と言っている。すべて、若月に任せろ」

「頼りになりませんね、あの男は。きのうも、勝手に出かけて、俺のそばにはいなかった」

「川中の居所を摑んでいて、おまえが安全だとわかっていたからだ」

野本精一が、ちょっと肩を竦めた。

「俺を守るには、川中を殺すしかない。そこまでやってくれるとは、俺にはどうしても信じられないんですがね」

「おまえのために、やることではない」

「一度、久納さんときちんと喋っておきたい、と思っているんですがね。俺は、とんでもなく危険なところにいるんですから」

「必要ない。黙って、守られていろ」

「俺が、逃げたら？」

「別に、俺にはどうでもいいことだ。いや、勝手に逃げて、殺されてくれりゃいい、という気分は、どこかにあるかもしれん。俺が、自分だけの理由でやろうとしていることは、潰えるわけだが。それも、おまえが逃げるなら仕方ないな」

「わかりました。なぜってのは、もう訊きませんよ。しかし、どんなふうにして守ってくれるんですか？」

「若月が、その場その場で決める」

野本が煙草に火をつけたので、私はやめろと言った。私が葉巻に火をつけるまで、誰にも煙草は喫わせない。煙を吐いていいのは、葉巻だけだ。若月など、なにも言わなくても、はじめて会った時から、それを守っている。

「俺がなぜ命を狙われているのか、久納さん、知りたくはないんですか？」

「知りたくない」

私は、朝の一本目の葉巻に火をつけた。

「川中ほどの男が、本気で殺すと言った。聞けば、反吐が出るほどの理由があるんだろう。それでも、俺はおまえを守る、と決めた」

野本が、うつむいた。

「まったく、わけがわからない。なんのためにという言葉が、あなたにはないんですか。俺は、川中と久納さんの玩具にされているような気分ですよ」

「その程度におまえが悩めば、俺が助けることに、わずかな意味も出てくるのかもしれんな。あくまで、わずかだが」

野本は、顔を上げようとはしなかった。

「おまえの親父のレコード」

私は、モンテクリストを灰皿に置いた。

「俺がすべて譲って貰うことにした」

「いくらで、買ったんですか?」

「無料だ。ただ、俺のものだというだけのことで、レコードは『陽炎』があるかぎり、いつまでもあそこにある」

「なるほどね。それなら、律子も承知したでしょう。もっとも、大して金になるものはありませんが」

「俺がおまえに言っておかなけりゃならんのは、それだけだ」

もう部屋へ戻れと、私は手を振った。それで大抵の人間は腰を上げるが、野本は動かなかった。声に出して、私は帰れと言った。

野本が出ていってしばらくして、若月が入ってきた。私のモンテクリストは、半分ほどに減っただけだった。

「今日、野本を連れて行きます」

「おまえに、任せてある」

「一応、報告だけは」

「余計なことだ。川中に負けたら、報告に来い」

「死んでますよ、その時は」

「そうだな」

私が煙を吐くのを確かめてから、若月は煙草に火をつけた。

「野郎を、好きになろうと努力したんですが、駄目でした」

「二、三日で決めるな。人というのは、どんなやつでも、裏も、その裏もある」

「そうですね」

「しかし、川中より好きになることは、あり得んな」

「そうでしょう。ま、川中さんと較べてみようとは思いませんが」

若月は、余計なことはなにも言わなかった。小僧ではなく、ソルティと呼んでやってもいいような気分に、私はなった。

「小僧、ステーキはどうだった?」

「うまい肉でしたよ。ただし、二百グラムまでです。きのう四百グラムに挑戦してみましたが、食い終ったあと、俺はしばらくのたうち回っていましたね」

「川中の四百グラムは、脂のないところの話だ」

「脂の多い高級な肉を四百グラム食って、うまかったなあという顔をしていられたら、川中さんに勝てるかもしれない、と思ったんですよ」

「川中が、それほどこわいか？」

「肉四百グラム程度には」

「そういうことが言えるようになったのは、いくらかましになったと判断しよう」

「もう、考えるのはやめるつもりです」

若月は、灰皿で煙草を消した。それから、吸殻をポケットから出したケースに入れた。もともと、携帯用の灰皿を持ち歩いているのだろう。船の人間は、海に吸殻を捨てないために、ベルトにそんなものを付けていたりする。若月も、三十八フィートのパワーボートのオーナーだった。

「いま、川中はどういう船に乗っているのかな？」

「五十フィートのバートラム」

「そうだ、バートラム好きだったな」

「悪い趣味ではない、と思います」

「まあな」

「川中さんらしいですよ」

「おまえは、人の船を気にするより、自分の船を新しくすることを考えるんだな」

若月は、会社を持っていて、そこで船を運航させている。ホテル・カルタヘーナの客が多いようだが、ほかからも受けてはいた。

「そうしたいです」

「おまえの船も、少しずつ大きくなってきたんだろう。できるさ」

「はい」

頼んだことについての、微妙な後ろめたさのようなものが、私にはあるのかもしれない。いつもより多く喋っている自分を見て、そう思った。

「俺は、どこまで会長に報告すればいいんですか?」

若月は、頬(ほお)の髯(ひげ)を気にしたように、指の腹で触っていた。見かけより、ずっと神経質な男なのかもしれない。

「おまえの判断に任せる。川中と俺がぶつかることになった時、俺の安全を気にする必要もない」

「わかりました。忍さんとの関係は、どう考えればいいですか?」

「考える必要はない。信行(のぶゆき)は、この件に関しては、一切手を出そうとはしないはずだ。俺から、なにか言う気もない」

若月は、まだ頰の剃(そ)り残しを気にしていた。私は、火の消えたモンテクリストに、マッチで火をつけた。

「じゃ、俺はこれで」

言って、若月が腰をあげた。

私は、ただ頷き返した。

モンテクリストが灰になる間、私はじっとしていた。考えるのはとりとめのないことばかりで、いまよりさらに老いた自分の姿を想像したりした。

7　舷燈(げんとう)

姫島には、ヘリコで帰った。

この島は私の所有で、昔から暮している漁師たちには、無料で土地を貸している、というかたちをとっていた。

大きな屋敷などがあるわけではなく、島の南斜面に、五部屋ある平屋が建っている。そのひとつは、水村の部屋になっていて、ほかには使用人夫婦が住む一棟があるだけだ。

ヘリポートは、家の少し上の平地にある。島全体がひとつの山で、頂上は風の強い時には離着陸にはむいていなかった。ヘリコは、ほとんどS市の本社ビルとの往復に使っている。水村が操縦することも多く、本職のパイロットは本社の近くに住んでいるのだ。

家から港までは、一車線の舗装路を作った。港の防潮堤なども、自分の船を入れるために、私自身で作った。それまでは、小さな漁船を浜に引き揚げておくという、小規模な漁労だったが、防潮堤を作ったので、漁船も大きなものを繋留しておけるようになった。

港と家の往復には、四十年も経った古いベンツを使う。これも、水村の手入れで、故障なく動いている。

私が庭に立つと、鉄と豪と名付けた、二頭のドーベルマンがそばに座った。獰猛という者もいるが、二頭とも私には従順で、よくしつけられてもいた。訓練は、水村がやった。

庭から海を眺めるのは、愉しみなどではなく、ただの習慣だった。南むきの庭からは、島ひとつ見えない。日々変化する、海の表情があるだけだ。

汽笛が聞えたので、私は腕に巻いた古いオメガに眼をやった。伝えておいた通りの時間に、『ラ・メール』は入港したようだ。

しばらくして、古いベンツのエンジン音が聞えた。

部屋に戻った。

部屋の窓からも海は見えるが、庭に立った方が、不思議にその貌はよくわかった。

ドアがノックされ、水村が入ってきた。

「東京へ行ってこい」

私が言うことを、水村はドアのそばに立って聞いていた。

「古い蓄音機があったろう。あれを、東京の酒場に届けてくれ。もともとは野本の店で、いまはその嫁がやっている。野本が蒐集したレコードがあるので、うまい具合に区分けしてくれ。たとえば年代別にとかだ」

「俺がいない方がいい、と会長は考えられていますか？」

「そう考えてる」

「それは、必要ないということですか？」

「邪魔ということだ。今回の件に関してだけはだ。おまえが必要でなくなることなど、今後もない」

「邪魔はしませんので、姫島に残るということはできませんか？」

「なにがあっても、邪魔はせんか？」

「会長のお命に危険がなければ」

「それが、邪魔だ」

「いやな予感がするのです。東京に行っても、二、三日で戻ってきて、どこかに隠れているという気がします」

水村が私に逆らったことは、ほとんどない。

ひとりの男だった。私の命令に逆らっても、やるべきだと思ったことは、やり抜いてしまうだろう。

「おまえとは、一度、よく話しておこうと思っていた。今度の件がなくてもな」

私は、硝子越しの海に眼をやった。

「俺の死にざまを、しっかり見届けるのが、これからのおまえの仕事だ。俺はもう、充分すぎるほど生き続けている。死に方は選べんが、遠からず死ぬだろう。だからいま、見届けるのが仕事だ、と言っておく」

「何年か前から、俺はそうしようと思っていました」

「ならいい。いま、言葉にして言っただけのことだ」

「それと、今度のことは、別だと思います。今度のことがなんなのか、俺は知りませんが」

水村はドアのそばに立ったままで、秋になると被りはじめる黒い毛糸の帽子を両手で握っている。

「会長が、殺されるなんてことが」

「やめろ。できるなら殺されたいぐらいだが、殺してもくれんだろう、あいつは」

あいつとは誰なのだと、水村の眼が問いかけていた。

すべてを話してから、大人しくさせている以外にないだろう、と私は思った。ほんとうは思い通りにならない男が、何人かいる。川中がそうであるし、私に寄り添っている水村もまたそうだ。

「野本に、息子がひとりいる。それが追われていてな。命を奪られようとしている。なぜだかは、知らん。知る気もない。ただ、野本の息子だから、助けようと俺は決めた」

「どこかの組織なら」

「組織ではない」

そういうところが相手なら、頂上にいる人間を消してしまえば、ほとんど解決する。そして水村は、多分それをやってのけるだろう。

この時代、殺すのなんのとは、組織がやることだと誰もが思う。

「相手は、川中良一だ」

水村の表情が、かすかだが動いた。

「川中さん、ですか」

「殺す、と川中が言った」

「なら、それだけの理由があるんでしょうね。そして、必ずやる人です」

「俺を殺さないかぎり、野本精一を殺せんというのは、川中には酷な話だろう。だから、別な人間を出して、野本を守らせる。川中を相手にする人間がおまえだというのも、酷な話だろう。だから、若月に頼んだ」

「そうですか」

「川中は、ひとりだ。だから、若月もひとりだ。若月が相手だと、川中には伝えてある」

「わかりました」

「どうわかった？」

「会長の身に危険が迫らないかぎり、俺はなにもしません」

「それではいかん。川中との約束を、俺の方から破ることになる。あくまで、若月と一対一だ。川中が、野本絡み以外で、俺を殺そうとすると思うか？」

「いいえ」

「なら、俺の身に危険が迫るというのは、俺の背後に野本が隠れている、ということになる。これ自体、約束違反で、俺は死ぬという代価を払うしかない。おまえが俺を守れば、死ぬだけでは済まんな」

水村が、また表情を動かした。少年のころから、私は水村をそばに置いて育ててきた。身寄りといえば、藤木年男（ふじきとしお）という兄だけだったのだ。藤木は、川中と一心同体だった。

無口な、表情を動かさない男に、水村はなった。しかし、内面が暗いというわけではなかった。やさしさが出すぎてしまうのを、無表情で隠している、と言っていいだろう。心を傾けた女は、何人かいた。しかし、妻帯ということに縁はなかった。

「わかりました。結着がつくまで、俺は姫島と『ラ・メール』以外のところには、絶対にいないようにします」

「そうしてくれ。これは、俺からの頼みだ」

「会長が、俺に頼まれるなど」

「いや、俺は若月にも、頼んだのだ」

水村は、頭を下げ、うつむいたまま部屋を出ていった。

私は、部屋で茶を一杯飲んだ。書斎として使っているところだ。あとは寝室があり、私が使っているのはその二部屋と食堂を兼ねた居間だけだ。

一時間ほどして、水村が呼びにきた。私が告げた、出港時間になっている。

私は、水村が運転する古いベンツで、港まで行った。鉄と豪が駈けながら追ってくる。ほかに車はいないので、走り回っても危険はない。

岸壁に繋留された『ラ・メール』に、私は乗りこんだ。鉄と豪はそうしつけられているので、タラップのところまでしか来ない。

船には、船長と機関長のほか、五名の船員がいる。その中のひとりは、司厨長だった。

私自身が、船を動かすこともある。船橋へ登った時は、大抵そうしていた。

「舫いを切れ」

私が言うと、船長が復唱し、甲板の船員に伝えた。

「後進微速。舳を離せ」

百四十フィートある『ラ・メール』は、本来なら離岸にタグボートの助力を必要とする。ただ最近の船は、バウスラスターなどというものがついていて、船を横滑りさせることができるのだ。私は、あまりその言葉を使わない。船首（バウ）や船尾（スタン）と言うこともあまりなく、舳と艫（とも）と言う。

「右舷（うげん）前進、左舷後進」

港を出ると、私は百八十度船のむきを変えた。

「三十度、前進微速」

むきを変えた船が、ゆっくりと進みはじめる。少々荒れた海だが、揺れはそれほどでもない。

「前進中速」

船の速度が上がった。

私が使っているのは、すべて昔の海軍の操船用語だった。船長や水村は、前進微速はスロー・アヘッドというように、商船の言葉を使う。

船橋（ブリッジ）は三階部分にあり、視界は充分だった。航海計器も揃（そろ）っているので、見張（ワッチ）をひとり立てておくだけで、船は勝手に動いていくが、私は船橋に立つのが好きだった。

「上陸されるのでしょうか？」

「する」

「では、会社の運転手に待機させます」

水村は、船上では帽子を脇に挟む。それが、船長室に入る時の作法だと、若いころに教えた。その時から、私に話しかける時は、帽子を脇に挟む。

制帽なら、脱ぐ必要はないが、毛糸の帽子に水村はこだわっていた。

「上陸されたあと、船はどこへ？」

「あそこの湾で、錨泊していろ」

あの街の近くに、静かな湾があり、私の船の錨泊もできる。あの街のヨットハーバーには、私の船は入らず、船外機の付いたテンダーボートで上陸するしかなかった。

「お泊りは？」

「知らなくていい。用事がある時には、船に電話を入れる」

「はい」

「水村、川中と若月だぞ。忍も手出しはしない」

「わかりました。船にいます」

「できれば、東京に蓄音機を運ぶことも考えておけ」

「はい」

前方に、波立っている海域が見えてきた。沖ノ瀬と呼ばれているところで、潮流がぶつかり合っている。凪の日も、そこだけは波立っているのだ。今日のような日は、波高は三メートル近くにもなる。

「前進全速」

全速と言っても、あくまで巡航回転の範囲内である。それより上のところに全開回転はあり、五ノットは速度が違う。昔の海軍では、それを戦速と言った。

沖ノ瀬に突っこんだ。さすがに船体ががぶられ、飛沫が船橋にまでかかってくる。三角波が立っているので、横揺れもあった。

私は、船橋の手すりに手をかけた。あとは、膝をやわらかくした状態で、揺れを凌いでいく。私のような老人には、いい運動になるのだ。

船長自身が、見張に立っていた。ここでは、大きく不規則な波に注意しておかなければならない。飯田という船長は、『ラ・メール』に乗って三年だった。まだ若く、その前は島へ行く定期航路の船長だった。

「いい波だ」

私が言うと、船長は口もとだけで笑った。時化が嫌いではないのだ。

四十分ほどで、沖ノ瀬は抜けた。

私は船橋を降り、私の部屋に入った。

部屋が二つ。それは、姫島の家と同じ作りにしてあり、天井が低いだけだ。それに、バスルームがついている。

船はもう穏やかに揺れているだけで、私は葉巻に火をつけ、電話を一本かけた。船舶電話は、ほぼ全海域をカバーしている。

「あと十分で、上陸します」

水村が伝えに来た時、私はソファでまどろみかけていた。

8 笛

鼻の利く男だった。それとも、勘がいいというのだろうか。

私がこの店に来るのは、二度目だった。最初は、一年半も前になる。もともと、この街に足を踏み入れることは、滅多にない。

「まだ、離婚はしていないのか?」

「離れて暮してはいますがね。その方が、男と女にとってはいいのだと、一緒に暮しはじめて二週間でわかりましたね」

「気の短い男だ」

「普通は二年ぐらい、というでしょうが」

言いながら、群秋生は私の隣りのスツールに尻を載せた。

「二週間以後の期間は、お互いに幻想を抱いて耐えているだけですよ」

群は、この街のホテルの女主人と、結婚していた。日本刀を持ち出して、その女主人を守るなどという、少年のような男気を見せたらしい。

話を聞いた時、なにが起きたのだ、と私は考えたものだ。その種の話を私に伝えるのは、ほとんど甥の忍信行で、いい加減な噂話などはなかった。

群は、スコッチをショットで註文した。ボトルなど、キープしていない。やはり、私がいると嗅ぎつけたとしか思えなかった。

「俺のを、注いでやれ」

この店のマスターは、一年半経っても、私のボトルを捨てないで置いていた。もう一度来ると私は考えていなかったが、マスターの山之内は、お待ちしていました、と私の顔を見て言った。

この店は、ちょっとした事件のあと、オーナーが行方不明になった。つまらない事件だったが、手形が回り回っていて、結局、私の所有物ということになった。私は、店を放置しておくつもりだった。閉めてしまって、看板もドアも色褪せてくる店。この街に発生した錆にしておくには、ちょうどよかったのだ。

ここで店をやりたい、と山之内は忍に申し入れてきた。忍が、私に繋いだ話である。

私が認めたのは、店をやりたいという理由が、いっぷう変っていたからだ。自分がやる楽器に、音響効果がぴったりだというのだ。鉤形の造りになっていて、カウンターも店と同じかたちである。そして、テーブルが三個ずつ並んでいる。それはブースなどというものではなく、食堂のテーブルに似ていた。

山之内は、鉤形の曲がった角に立ち、私と忍に、和笛を吹いてみせた。

哀しみと絶望が入り混じったような音色だ、と私は感じた。笛を、誰かに聴かせるのか。私が訊いたのは、それだけだった。きちんと聴いてくれる人たちに、と山之内は言った。

その場で、私は店を貸すことに決めた。

つまらない事件のおまけで転がり出てきた物件でなかったら、たとえ会社の所有物であっても、私の眼に触れることはなかっただろう。

いい音色だ、と忍は言った。哀しみと絶望を感じ取っているのは、私だけなのかもしれない。開店して三日目に、私は店を覗いてみた。客はひとりもおらず、山之内はまた私のために和笛を吹いた。やはり、私は音色の中に、哀しみと絶望しか感じ取らなかった。

「この店に、来るのははじめてか、おまえ？」

「前の店には、二、三度。代替りしてからは、来ていませんでしたよ」

「どこかで、俺を見かけたか？」

「それも、違うんですよ。歩いていて、入ってみようと思った。『笙』という名に惹かれた、とも思えないんです。なんとなく、ほんとになんとなく覗いてみたら、久納さんがカウンターにひとりで座ってるじゃないですか。ああ、呼ばれたのか、と俺は思いました」

アードベッグというスコッチを満たしたショットグラスと、チェイサーが群の前に置かれた。

「三十年物か。いまじゃ、手に入らない」

「これを入れた時は、手に入った」

「減ってませんね。せいぜい、一度か二度来ただけだ」

ボトルは、三分の一ほど減っている。群は、私の酒量も頭に入れているということか。

「俺にも、三十年物というわけには、いかないのかな?」

群が、山之内に言った。

「申し訳ございません。ストックが、あと三本しかありませんので」

「三本もある、ということだろう。それを全部、久納さんに売ったのか?」

「会長のものです」

「そんなキープの仕方があるかよ?」

「私が、決めました。十七年物ならば、御用意できますが?」

「久納義正が三十年なのに、俺が十七年か。そういうことを、俺は容認できるタイプの男ではなくてね」

群が、ショットグラスの中身を、口に放りこんだ。

「薬臭い。ヨードだな、これは。老人には毒ですよ、久納さん。一本、俺に譲りませんか？」

「俺と一緒の時に、飲んでいろ」

「そんなことで、俺の自尊心が傷つく、とわかっていて言ってるんでしょう？」

「黄金丸(こがねまる)は、どうした？」

「急に話題を変えるんですね」

「もう、酒の話は終りということだ」

「まだ、生きていてくれています。眠っている時間が、ほとんどですが」

「そうか」

「俺が帰ると、立ちあがります。しっかりした眼をしていますよ」

群が、長い間、飼っている柴犬(しばいぬ)の話だった。私は、黄金丸に二度会ったことがあり、はじめて会った時に魅(ひ)かれた。かなりの時を経てもう一度会った時、黄金丸は私のことを憶えていた。

「いまでも、久納さんはわかると思います」

「そうか」

「会いたい、とは思いませんか。ボトル一本で会わせますよ」

「会いたくない」

「そうですね。久納さんなら、そうだろうな」

お互いに、憶えている。それだけで、充分なのだ。男同士とは、そういうものだろう。

催促するように、群はグラスの底でカウンターを軽く叩いた。私が頷くと、山之内はグラスにウイスキーを満たした。私は、モンテクリストを一本出し、吸口を切って火をつけた。山之内が、さりげなく葉巻用の灰皿を出してくる。

三人連れの客が入ってきて、奥の方の席に行った。もうひとり若いバーテンダーがいて、そちらで対応している。

「少しは、客が入るか」

「なんとか、やっております。店賃を破格に安くしていただきましたので」

「そんなことは、俺は知らん」

「失礼いたしました。余計なことを、申し上げました」

店賃は勝手に決めろ、と私は忍に言ったのだろう。忍は、山之内の笛が捨て難いものだ、と思っていたようだ。

「笛は、いつ吹く？」

「いつでも。会長が吹けと言われるなら。それより先に、奥のお客様からリクエストが入るかもしれませんが」

「ほう、どんな曲名がある？」

「それが、ナンバーで決めてありまして。一番から三十二番。譜面もなければ、曲名もありません」

「和笛がそういうものだと、聞いたことはあるな」

「古典というわけではないのですが」

「思い出した」

二杯目を呷り、群が言った。

「山之内祥。前衛的な和笛の奏者で、ジャズバンドと組んで、セッションをやったこともある。もう、五、六年前の話だが」

山之内は、ただうつむいていた。私は、モンテクリストの煙を吐いた。

「おかしな街だ、ここは」

群が、空のグラスに眼を落として言った。

「俺みたいな、小説書きが流れてくる。山之内祥なんていう、異端の音楽家が流れてもくる。そして、久納義正なんていう、遺物のような心を持った老人が、じっと外から見つめていたりする」

私は、ただモンテクリストの煙を吐き続けた。黙って、山之内が群のグラスを満たした。しばらく、群はそれを見つめていた。

「鼻持ちならない街だった。高級なホテルと、高級な店が並んで。どこをとっても、虚飾だったさ。それが、剝がれてきている。剝がれたところに、おかしな人間が張りついてしまっている」

　私は、酒に手をのばした。この店に入って、五分も経たずに群が入ってきたので、まだ一杯も飲んでいなかった。

「人が生きている。それがわかるような街になってきたな」

　三杯目に手をのばさず、群は自分でも葉巻を出し、吸口を切った。グロリア・クバーナという、ちょっとめずらしい葉巻だった。群はそれに、葉巻用の長いマッチで火をつけた。二つの煙が混じり合う。煙でかすんだむこう側に、山之内はただ立っていた。

「この酒は」

　ちょっと口に入れ、私は言った。

「うまいというのとは違うだろうが、味があるな。この間、飲んだ時のことを思い出した。俺の好みではある」

　酒は、山之内に勧められて入れたものだった。スコッチということしか、私の頭には残っていなかった。それだけでも、上出来と言っていい。

「残りの酒も、やはり全部俺のものだ」

「わかりましたよ。この世に、逆らえない人間はいる。小説家にゃ、滅多にいませんがね。久納さんは、稀有なそのひとりだ。いずれ、俺の小説に出て貰いますよ」

　群は、年に一冊の割りで、本を出している。相当に分厚い本で、絶望のかたまりから、最後にすっと抜けるような物語だった。それでも絶望は、澱のように心の底に残る。日本より、海外でよく読まれているというのも、めずらしいのだろう、と私は思っていた。四冊読み、五冊目は姫島の家のデスクに置いてある。一冊読んで、その絶望に辟易することはなく、さらに新しい絶望を求めてしまうというのが、群が描き出す人の生だった。麻薬のようなものだ。

「店の名前は、君の和笛と関係あるのか。雅楽で、確かに笙という笛は遣うようだが」

「あの笙とは、関係ありません。個人的な理由でつけた名です、群先生」

「かつて愛した、女の名とか」

言って笑い、群はウイスキーを呷った。

この男は、アル中である。しかも私の知るかぎり、たちの悪いアル中で、本格的に飲みはじめると、一週間二週間は、飲み続けてしまう。そういう時、やさしく受け入れているのは、なぜか老いた娼婦が多かった。

死すれすれのところで、発見されたことも何度かあった。

こうして街を飲み歩いている間は、この男は大丈夫なのだ。酒に浸りきってしまうのは、酔いなどではなく、なにか別の、余人に窺い知れない理由があるものと思えた。

「それにしても、久納さんがこんなところで飲んでいるなんて、どういう風の吹き回しなんです？」

「俺は、おまえに会いたかっただけだよ、群。それで、街の方々に臭いを残してきた。犬が、小便で臭いをつけるようにな。おまえは、自分じゃ気づいてないだろうが、それを嗅いでここへ辿り着いたのさ」

「やれやれ。やっぱり俺は、久納さんに呼ばれたってわけですか」

「新しい、小説の感想などを言ってやろうと思ってな」

「出たばかりのものを」

「俺にとっては、読み終えた小説が、一番新しい」

私は、またウイスキーを口に含んだ。私の年齢では、生のウイスキーは強すぎる。しかし、なにかで割って飲むものではない、という気もした。だからひと口ごとに、チェイサーも口に入れた。

「俺も、久納さんの作品について、感想を述べなきゃならない時期ですかね？」

「作品？」

「この街のことですよ」

群が、私の方に顔をむけ、にやりと笑った。

「久納満がいて、均がいて、二人が対立していろいろ起きて、その間に異腹の弟の忍信行が入って、この街は虚飾まみれになりました。満も均も表舞台から消え、したがって忍にも存在価値はなくなってきたでしょう。すると、街には罅が入ってきた。こんな店が、ぽつんとできたりするんですから。錆も出てきた。人の営みというやつですね」

「それが、なぜ俺の作品だ？」

「すべてのことを、止めようと思えば、久納さんは止められた。この街を、昔のままの神前村にしておくことも、できたはずです。しかし、愚かさがぶつかり合う様子を、姫島からじっと見ていたじゃないですか」

「それが、作品か」

「皮肉な人間観と、光のない死生観にふち取られ、愚かさをテーマにした、大規模な作品ですよ」

「それが大規模とはな。おまえの本と較べると、砂一粒にも満たないだろうが」

「高が、本一冊じゃないですか」

「無限だろう、書かれている世界は。出てくる人間の心にも、宇宙がある。それほどのものと、反吐が出そうなこの街と、どうやって較べられるというんだ。第一、俺の作品だと思うところで、大きな誤りを犯している」

「どうにも、作品に見えて仕方がないんですよ。それも、完成にむかいはじめた」

「もうよせ」

「そうですね。何人も死んだりしたんですから」

かつて、南の海では、数えきれないほどの人間が死んだ。この街で死んだ人数と、較べようという気はない。しかし私は、死については、すべて諦めていると言っていいだろう。死者は、心の中のみで生きる。そして生者は、愚かさと煩悩に溺れながら生きる。

死は、私にとってはひとつの現象にすぎない、ということだ。

「ところで、川中さんもこの街に来ているようなんですが？」

「いまのところ、ホテル・カルタヘーナでなけりゃ匂わんのか、おまえの鼻には？」

「図星ですよ。そして俺は、このところあのホテルに批判的で、ウイスキーどころか、水の一杯も飲みたくないんです」

「いずれ、川中も街を出歩くさ」

私は、モンテクリストを灰皿に置いた。葉巻用の灰皿はひとつしかなく、それは私専用ということらしい。群は、煙を吐き続けている。

「もう一杯だ。それで終りにしよう」

私は、山之内に言った。新しい酒をくれ、と群は言わなかった。そして、山之内も、和笛を吹くとは言わなかった。

9　物々交換

ホテルの主人は、私のことを知らなかった。

街のはずれに、一軒だけあるホテルだ。海に面していて、庭もない。部屋数は、二階に五つ。下は食堂とロビーと、主人夫婦の住居のようだ。

こういうホテルがあることを、私は水村から聞いていた。この街に泊らなければならない時、水村はここを使うという。

十時を回ったところだが、玄関は閉っていて、脇の小さな扉が開いていた。

「お帰りなさい、水村さん」

主人はカーディガンを羽織り、パイプをふかしていた。

この街で、久納という名は禁物だった。いつも泊る水村は甥で、このホテルを勧めてくれたということになっている。

「パイプか」

「葉巻をやられるんでしょう、水村さん は。パイプの香りは、邪魔ですか?」

「自分で煙を撒(ま)き散らしているんだ。なぜ、他人のことが言える」

「お客様ですから」

会社の運転手は、顔を見るなり追い返した。移動は、すべてタクシーを使っている。

私がこのホテルにいることを、水村が把握しているかどうかはわからない。ただ、見当はつけるだろう。

「パイプにしては、あまり煙が甘い感じがしないな」

「私のミックスチャーでしてね。葉巻と似た香りがするとは思うんですが」

「確かにな。安物の葉巻の香りだ」

「ハバナ産のようなわけにはいきません」

「安物だから、悪いというわけじゃない。高級品で、どうにもならんものもある」

私は、ロビーのソファに腰を降ろし、喫いかけのモンテクリストに火をつけた。

しばらく、葉巻とパイプの煙が、混じり合ってロビーに漂った。

「寝酒でも、お持ちしましょうか？」

「ブランデーのようなもので、荒っぽい酒がいい」

「マールがございます。私のものですので、奢らせていただけますか？」

「奢られよう」

船には、ラム酒が数種類置いてある。マールというのも、飲んだことはあるような気がした。

小さなブランデーグラスが、二つテーブルに置かれた。注がれたのは、ジンのような透明な酒だった。たちのぼった香りはブランデーのものだが、荒々しい味だった。

「ごついな、こいつは」

「葡萄の搾り滓を発酵させ、蒸溜したものです。安物の酒ですよ」

「しかし、このごつさはいい」

「寝る前に、二杯。これが、私の習慣でございまして。水村さんは？」

「俺はいつでも、どこでも眠れる」

「それは羨(うらや)ましい。私は、睡眠導入剤から、やっと逃れたところでしてね」

「不眠症というのは、つらいものなのだろうな？」

「人間は、眠れなくて死ぬ、などということはないそうです。三日、眠れずに苦しむと、四日目には泥のように眠ってしまう。そういうものだそうです」

「その三日が、苦しいだけか」

「つまり、病気ではございませんね」

戦闘中でも、眠ってしまう兵がいた。ほんのわずかな時間だが、眠ってしまうのだ。眠りとは、そういうものだろう。

「水村さんは、お酒の方は？」

「この齢(とし)だ。飲みたいように、飲んでる」

「私はね、なにか決めていないと、どうしようもなくなる男でしてね。寝酒は二杯。一日二本。二本ってのもおかしな言い方ですが、二本のパイプに一杯葉を詰めて、それが一日分というわけです」

「俺は、何本喫うかな、葉巻を」

「長いのとか短いのとかも、ございますでしょう。私も、ほんとうは葉巻が好きなんですが、財布の方が追いつきません」

「前は、なにをやっていた？」

主人は、五十がらみというところだった。実直に商売をやってきたとか、きちんと会社に勤めていた、というような感じはない。といって、崩れたところも見えなかった。

「研究者でした。公害防止関係ですが、そこで研究開発したものを、公害を出しそうな企業に売るわけです。たとえば、煤煙を完全にクリーンにするフィルターの開発とか。実際は、もっと専門的で、細分化されたものなのですが。特許なども、その研究室でいくつか取りました」

「なるほどね」

「研究などというものは、若くなければ保ちません。言ってみれば、創造力がものを言う世界なのですから」

「それで引退か。しかし、こんな街にホテルとはな」

「まあ、この街には貧相すぎるホテルなのでしょうが、まだここが神前村といっていたころ、私の祖父がここに住んでいたんです。つまり、新築ではなく、改装したという恰好で、ホテルの営業をはじめたんです」

「なるほどな」

海際に、建造物を作るには、かなり難しい手続きが必要になる。ほとんどが、国有地だからである。ただ、昔からそこに家が建っていて、代々住み続けていたということになると、それは既得権として認められるのだ。

昔、このあたりに三軒ほど家があった。その中の一軒ということだろう。代々続いた家で、三軒とも山名という家だったはずだ。

「三軒家があったのですが」

私が思い出したことを、主人が言った。

「それを一緒にしましてね。そのあたりは、うまい具合にできました。それで、ホテルにしたわけです。父は早く亡くなり、長命だった祖父から、私が相続したというかたちです」

「生まれも、ここか?」

「それが、東京でしてね。研究所を辞めてから、この街に来たんです。もう村ではなく、S市とのトンネルもでき、大きなホテルが建っていました」

「そんなホテルと、競合できると思ったのか?」

「まさか。規模が違いすぎます。私のところは、質素でも味の悪くない料理を出し、清潔な部屋を提供するということしか、できません」

「それが大事だろう」

「それを喜んでくださるお客様が、いらっしゃらないわけではありません。まあ、私と家肉の躰が動く間は、このかたちで続けていこうと思っております」

主人が立ちあがり、厨房へ行くと、皿になにか載せて戻ってきた。魚の燻製だった。よく見ると鰺で、なぜ干物にしないのか、私はちょっと首を傾げた。

「もしよろしかったら」

主人が、肉を薄くスライスする。私は、手をのばした。いい香りがした。味も悪くない。

「私が、釣ってきたものです。新鮮なものを燻製にすると、うまいと信じておりましてね。いい鰺が釣れた時だけ、作ることにしているのですよ」

「いいな、なかなか。売ってくれ」

「それは」

主人が、声をあげて笑った。

「趣味の域を出ておりません。食べて躰に悪いということは、決してありませんが、研究の途上でしてね。試食していただけるのを、感謝したいぐらいです。どうしてもとおっしゃるなら、わずかですが、差し上げます」

「手間が、かかっている。そう思える。貰うわけにはいかん」

「しかし、売り物にする自信は、持っておりません」

「葉巻を喫っているのに、それに消されない、いい香りを持っている。充分に、売り物になると思うがな」

「それを決めるのは、私でございましてね。売り物だ、と思える日が来るのが、愉しみなのですよ」

「ふむ」

「いま、三枚ほどなら、差し上げられます。釣りの方が、なかなかうまくいきませんで、いつもそれぐらいしかありません」

　岸でも鯵は釣れるが、船で沖へ出ると、大きな群れに出会したりもする。つまり、効率が悪いということだが、それが手間をかけさせている、とも言えるのだろう。

「俺は、物々交換が好きでな。その三枚は、葉巻三本と交換ということにしないか。モンテクリストの、一番長いサイズだ」

「それは、高すぎます」

「売り物ではない、とおまえは言った。だから、葉巻と交換しよう、と俺は言っている。俺の葉巻も、売り物ではない。しかし、俺からは買えなくても、ほかでいくらでも手に入る。だから、一枚につき、一本だ」

「鯵一枚に、モンテクリスト一本というのは、法外だと思います」

「だから、売買ではない、と言っているだろう。葉巻のわかる相手でよかった、と思っている」

「強引な方ですね」

「そうやって生きてきた。いまさら、変えられん」

主人が、笑い声をあげた。

「私にとっては、これ以上はない、物々交換です。どちらに、お届けすればよろしいですか。日もちはしますが、食べごろというのもありますので」

「甥に、葉巻を届けさせる。その時、渡してくれればいい」

「わかりました。でも、月に五枚というところです。本業のホテルがあって、いつも釣りに行けるというわけではありませんから」

「何枚でも、構わんよ。多い時は、食いたいと言うやつがいくらでもいる」

私は、このホテルの表の道をずっと西へ行った漁村の老人と、やはり物々交換をしていた。葉巻と干物だ。作り方まで習ったが、どうしても同じ味のものができず、そういうやり取りをするようになった。

燻製の方は、作り方を訊こうという気さえ起こさなかった。

「釣りをなさいますか？」

「いや、あまり」

「これは、失礼しました。多少、陽(ひ)に焼けておられるように見えました。それも、海の上で焼けたようなお色です」

「船には、乗る」

「やはり。それで釣りをなさらないというのは、私には惜しい気がいたします」

「性格が、合っていないのだな、多分」

「そうですか。とにかく、思わぬ物々交換ができて、高価で手が出なかったハバナ産の葉巻を、私も喫えるようになりそうです」

「まずくなったら、交換は打ち切りだ。俺の葉巻の保存が悪くて、まずかったとしても、そうしていい」

「まあ、私から打ち切りということはございません。念入りに、作らせていただきます。ただ、ほかの魚をやることもありまして、それは試食用として、添えさせていただきます」

「試食は、ひと口だ」

「わかりました」

私は、マールを飲み干した。主人が、私の顔を見、注ぎ足した。

「俺も、二杯までにしておく」

「かしこまりました。燻製が、マールに合うかどうかはわかりませんが」

「それぞれ別個のものだ、と俺はいま感じている」

「ありがとうございます」

「礼を言うのは、こっちさ。別個のものだが、両方とも葉巻に合うとも思っている。そして、両方とも奢られている」

「いまお泊りの、唯一のお客様ですから」

「何日かは、厄介になるだろう。あまり長くなるようだったら、勘定は言ってくれれば済ませる」

「そんな。水村さんの叔父様ではございませんか」

「甥は、この燻製のことは、知らんのか？」

「はい。お出しする機会は、ありませんでしたので」

「これからも、出さないでくれ。羨ましがらせながら、時々俺が食わせてやることにする」

「もの静かなお方です」

水村なら、実際、いい客だろう。私のように、横柄なところなど、まったくない。

二杯目を、時間をかけて飲み、燻製を嚙みしめた。

二杯目のマールを飲み干すと、私は立ちあがり、おやすみと言って、自分の部屋に入った。小さなユニットバスと一緒になっている洗面台で、歯を磨いた。この年齢で、私の口の中に残っている歯は、全部自分のものだった。鏡には、老いた男が映っている。

窓のそばに立ち、海を見た。下は岩場で、ここでは鰺は釣りにくいだろうと思えた。窓を開けると、潮風が吹きこんでくる。

川中も若月も、ホテル・カルタヘーナだろうか。野本精一は、どこかに隠れているのだろう。

多分、この街で、すべての結着がつくはずだ。

なんのためにやろうとしているのか、などとは考えなかった。老人の意地、というわけでもない。

ただ、そうしようと思った。それだけしか、言葉で言える理由はない。

10 黒鯛（くろだい）

ホテルは、群秋生の家よりいくらか街はずれにあった。街にむかうには、群の家の前を通ることになる。

山名に見送られ、私は呼んだタクシーに乗った。走りはじめると、すぐに群の家だった。

「停（と）めてくれ。しばらく、待っていろ」

「お客さんね、あんまり待たせないでくださいよ。待ってるより、走ってる方が稼ぎになるんだから」

私は財布を出し、ひと束になった金を出し、助手席に放り出した。ひと束といっても、九枚の札を横にした一枚で挟んである。つまり十万だ。それが五束か六束、私の財布には入っている。水村が、時々私の財布にそれを入れる。

滅多に、減ることはなかった。財布の金で足りなければ、会社に電話をする。運転手が、すぐに届けに来る。

「足りるか？」

「えっ」

「おまえは、その口を閉じておく。そして、俺が行けと言ったところに行く。そのために足りる額かって訊いてる」

「そりゃ、これだけありゃ、丸一日はどこへでも」

「行先を復唱するだけでいい。わかったな？」

「復唱ってのは？」

「俺が右と言ったら、右、と言い返す。それだけのことだ」

「わかりましたよ」

「無駄口は叩くな」

私は車を降り、門を入っていった。

最初に出迎えたのは、黄金丸だった。素速い動作というわけにはいかないが、近づいてくる足どりは確かだった。久しぶりだな、と言うように、何度か尻尾を振る。

「お互い、老いぼれたな、おい」

私は声をかけ、黄金丸の耳の後ろにちょっと手をやった。

「若い者には、負けん。老いぼれても、性根まではなくしていない」

それから私は玄関の前まで行き、ノッカーを二度打った。まったく、気取った代物だ。

「これは」

出てきたのは、使用人の夫の方だ。門のそばの家に住んでいるという話だったが、昼間は母屋の方にいるらしい。

「いま、呼んで参ります」

さすがに、この時間は仕事中なのだろう。昼食までは仕事をしている、と聞いたような気がした。

群は、すぐに出てきた。

「玄関には、号鐘(ごうしょう)をぶらさげておけ」

「お嫌いですか？」

「人間の手が、ぶらさがっている」

「ファティマの手というのですがね。ポルトガルの家によくあります」

「くだらんな、実に」

「次に来られる時は、寺の鐘のようなやつをぶらさげておきます」

スリッパが出された。私は框(かまち)に腰を降ろして、長靴を脱いだ。

「デュバリーですね。街中で履くと、気障ですよね」

居間に案内された。一度だけ、ここには入ったことがある。ビリヤード台があり、暖炉がある。それぐらいは、憶えていた。

なんの用事か群は訊かず、ヒュミドールを出して葉巻を勧めただけだった。

「いらん」

「モンテクリストも、ありますが」

「ほかの葉巻と、一緒に置くな」

「これがいいんですよ、また。葉巻の香りは、火をつけた時に、はじめて出てくるんです。煙になった時ですな」

「そんなことは、知っている」

若い女が、ワゴンに載せたコーヒーを運んできた。秘書だろう。

「コーヒーの豆も、これという決まりがあるわけではありませんでしたよね」

「紅茶は、フラワリーのオレンジ・ペコだ。もっともこれは、川中の趣味だがな」

「そいつは、葉がどこにあるか示す言葉ですね。フラワリー・オレンジ・ペコは、突端にある葉のことですよ」

「なるほど」

「久納さん、もしかすると紅茶の名前だと思ってましたか。それで、御自身で、専門店に買いに行かれたとか」

「それなりの店に行けば、あるものなのか？」

「駄目でしょうね。輸出など、ほとんどしていません。あったとしても、ほんの一部、その葉が入っているというだけのことです」

買いに行こうとしたことはあるが、それは私の気持の中だけでだった。水村に見つけてこいと言えば、それこそ日本じゅうの専門店を回りそうだ。

川中は、混じり気のないフラワリー・オレンジ・ペコを、どこかで手に入れているのかもしれない。私が振舞われたものは、香りだけで、めまいがしそうだった。そして私が鼻を近づけた時、講釈を並べはじめたのだ。

コーヒーは、香りのいいものだった。それしか、私にはわからなかった。

「釣り道具を貸してくれんか？」

「ほう、どういう？」

「必ず、釣れるというやつだ」

「いいですよ。腕さえ確かなら、必ず釣れるというやつがあります。それで、なにを狙うんです？」

「黒鯛（くろだい）」

「ほう、それはいい。最高の道具をお貸ししましょう」

群が、部屋を出ていった。

しばらくして、竿を一本と小さな道具箱を持ってきた。

「これなら、腕があれば絶対です。竿は胴調子で、浮子は付けた方がいいと思います。それから、餌は手配しておきました。須佐街道沿いの釣具屋で、受け取ってください」

「餌はな、自分で」

「このあたりの黒鯛、結構すれてましてね。いつも食ってる貝を使うのがいいんです。ポイントは、釣具屋の主人が、教えてくれます。俺の、ポイントですよ」

黒鯛には、通る道というやつがある。それを知らなければ、釣りにならないのだ。

竿も両軸のリールも、なかなかのものだった。

熱心に、釣りをやってきたわけではない。姫島の磯では、メジナを狙う。しかし、釣れたことはあまりない。船が錨泊している時は、乗組員が作った餌で、カサゴを釣ったり、真鯛を釣ったりする。

平目の釣りは、水村だった。普通、餌に生きた鰯を使ったりするが、水村はテンダーを降ろし、海底すれすれにルアーを流し、トローリングで釣ってくるのだ。

「まあ、幸運を祈ります」

私が腰をあげると、群は皮肉な笑みを口もとに浮かべて言った。

門のそばまで、黄金丸が見送りに出てきた。

私はタクシーに乗り、釣具屋の名を言った。運転手は、復唱しただけだ。

釣具屋の親父は、黙ってクーラーボックスに入れた餌を差し出した。クーラーボックスには、氷も入っている。

「ここが、群先生のポイントだから」

群に頼まれたと言って、柄を継ぎ足せる網もひとつ出してきた。

「先生は、結構あげるよ。魚拓取ろうかって言うんだが、関心はないらしい」

釣り上げた魚の魚拓どころか、写真を撮ることさえ、私はしなかった。群が魚拓を取りたがらない気持は、なんとなくわかる。釣り上げたところで、釣りは終っているのだ。

ポイントは、街の東のはずれの、小さな岩場だった。

私は竿を繋ぎ、貝の剝き身の餌を、ナイフで細かくしていくつか放りこんだ。ゆるやかな流れがある。浮子を付けているから、正式のフカセ釣りではないが、似たようなものだった。

しばらく待って、私はまた刻んだ餌を放りこんだ。それから竿を振って餌を流れの中に落とし、ドラッグを緩めにした。

クーラーボックスに腰を降ろし、モンテクリストに火をつけた。

眼は、竿先を見ている。

最初の当たりは、わずかなものだった。浮子が見えなくなる前に、私は合わせた。なかなかの引きである。しかし大きくない。私はドラッグを締め、力だけで魚を寄せ、掬いあげた。一キロに満たないだろう。網の中で鉤をはずし、私はそれを海に戻した。

二度目の当たりはなかなか来ず、モンテクリストが半分ほど灰になった。

穏やかな日だった。空気が澄んでいて、遠い貨物船の船影も見える。

視界から、浮子が消えた。合わせたが、ドラッグが滑っていく。それを締めた。竿が大きく撓った。

これは、やり取りだった。そうしなければ、鉤素が切られる。

私は、ドラッグを締めたり緩めたりしながら、魚とやり取りをした。どこかで、水面にまで引き上げ、空気を吸わせることだ。それで、魚はかなり弱る。

十メートルほど先で、魚が一度水面に出てきた。私は巻きと戻しをくり返し、魚を暴れさせ、それからドラッグを緩めた。空気を吸った魚の、糸を引き出す力は、明らかに弱くなっている。

ドラッグを締め、私はゆっくりと魚を引き寄せていった。

網で掬う。二キロほどの黒鯛だった。素速く、鰓を切った。両方ともだ。黒鯛はびっくりしたように、しっかりと鰓蓋を閉じている。網に入れたまま、海水に魚体を浸した。不意に、鰓から血が噴き出してきた。雲でも拡がるように、赤い色が海に拡がった。そして、魚は動かなくなった。

海水を入れたクーラーボックスに、魚を放りこむ。氷は充分で、魚体はしっかり締るだろう。

それから二匹、小さいのを釣って放した。

私はモンテクリストを一本喫い終え、携帯用の灰皿に喫いさしを入れた。

竿を収おうとした時、大きな当たりが来た。また、やり取りだった。私は、このやり取りが好きだった。ちょっと間違えれば、鉤素が切れる。これぐらいの無理はなんとかなる、という気持になった瞬間にも、切れる。いわば、魚との我慢較べだった。二キロ程度の魚が欲しいと思ったので、負荷一・五キロの細い鉤素を使っている。魚には、充分に逃げるチャンスはあるのだ。

十分ほどやり取りをしたところで、魚は水面に顔を出し、空気を吸った。

それで、ほぼ勝負はついた。あとは、取りこむ時に注意していればいいだけだ。

やはり、二キロほどだった。きれいに血を抜き、クーラーボックスに放りこんだ。

竿を収い、道具を片付けた。

タクシーの運転手は、口を開けて居眠りをしていた。ウインドをノックすると、慌てて顔を起こし、ドアを開けた。

「日向見通りと馬場通りの間の路地に、『高政』という小さな料理屋がある。そこへ」

「了解、『高政』へ行きます」

「了解はいい。復唱は店名だけだ」

はい、と運転手は低く言った。

この街の通りの名は、南北が横文字で、東西が古めかしい名になっている。馬鹿な甥が二人、意地を張り合い、それでも折合いをつけて、そういうふうになった。まだ村だったころは、通りに名などなく、馬場通りの一部が、神前亭通りなどと呼ばれていただけだった。

店は、開いていた。

カウンターの中にいた高井政明は、私の顔を見て、眼を見開いた。カウンターを飛び出してくる。

「魚を釣った。捌いてくれ」

「捌きます」

高井はそう言い、私の肩のクーラーボックスをとった。カウンターにいた二人の客は、何事かとこちらを見ている。

私は、カウンターの端に腰を落ちつけた。

高井は、黙って黒鯛の鱗を取りはじめた。私が無駄口を嫌うことは、よく知っている。姫島の漁師の倅で、調理師になるために中学を卒業すると専門の学校へ行き、京都の料亭の板場で修業した。その料亭を紹介したのは、私だった。

父親はすっかり老いぼれているが、それでも漁に出て、私が島にいる時は、厨房に魚を届けに来る。顔を合わせることは滅多になく、擦れ違っても頭を下げたままだ。二人の息子は外に出て、老夫婦だけが姫島で暮していた。

「どうやって、召し上がりますか？」

「刺身を三切れ、湯引きを三切れ。それに、飯と味噌汁と漬物だ」

「刺身、三切れ、湯引き、三切れ。飯、味噌汁、漬物」

見事な復唱で、私は黙って頷いた。

「あの、お飲みものは？」

小僧がそばに立って言うのを、高井は手で追い払った。昼間、私は酒を飲まない。しばらくして、茶が出てきた。

「生ビール。それから、せこくただで持ちこまれた、黒鯛の刺身」

入ってきて、いきなりそう言ったのは群だった。ちょうど昼食時で、魚が釣れたことも確信していたのだろう。

「いい腕じゃないですか」

カウンターの中の、俎板の上の黒鯛を覗きこみ、群が言った。魚を持ちこむならここ、という見当もつけていたのだろう。群は、この街の料理屋や酒場には精通している。

「腕じゃない。道具がよかった」

「おや、御謙遜（ごけんそん）を。めずらしいですね」

群は、私の名を呼ばなかった。ほかの客の耳を気にしてだろう。そのあたりは、気遣いというより、この男の習性のような気もしてくる。

「鉤が、煮てあった」

「え」

「おまえ、鉤を餌で煮こんだだろう」

黒鯛は、好奇心が強いが、警戒心はもっと強い。金属の臭いを、嗅ぎ分けたりするのだ。だから、餌と一緒に煮こんで、金属臭を消し、餌の臭いを放つようにしておく。

そこまでやる釣人は、あまりいない。

「まあ、やり方はいろいろありますが」

「あの場所では、あの貝しか食わないのだな。それもわかった」

「そんなにわかっちゃ、釣りがつまらんでしょう」

「それでも、釣れないことがある。そこらで買った鉤でも釣れたりするのに」

「まったくです。確率を求めるしかないですね。鉤を煮るというのは、俺の確率では、かなりいいんですよ」

「暇な商売だな、小説家は」

「早晩、消えますよ。書き殴ってきた、駄作とともにね」

皿が出てきた。私のものだけで、群のものはこれからとりかかるようだ。

刺身の方から、口に入れた。悪くはない味だった。皮の付いた湯引きも、そこそこだった。

魚は、新しければうまいとはかぎらない。鯛など、二、三日置いた方が、味が出るのだ。ただ悪食雑食の黒鯛は、二日置くともう臭みが出る。黒鯛だけは、新しいものだった。

「いいですね。釣ると、すぐにこうして捌いてくれる料理人がいるというのは」

「おまえは、自分で捌くのか？」

「時には。うちの山瀬が捌くことも」

「最近では、なにを釣った？」

「六十キロほどの、キハダマグロを」

「自分で、捌いたのか？」

「なんとか。一週間、包んだ和紙を取り替えながら、寝かせたんですが」

鮪類など、釣りたては食えはしないのだ。数日寝かせるが、そのやり方はいろいろある。和紙で包むというのは、群のやり方だろう。私の船では、晒で包み、冷蔵庫に入れる。

群は、ちびちびとビールを飲んでいた。二人いる客は、ちらちらとこちらを見ている。群が入ってきてからだから、読者なのかもしれない、と私は思った。

群の皿が出てきた。

「ふむ」

刺身を口に入れ、群が声を出す。最初は、醤油などはつけない。

「いけますね。捌き方に気合が入っている。血もよく抜けていますよ」

「政明、頭はちょっと塩をして、群に持たせてやれ。あとは、店で使え」

「頭に、塩をします」

「親父もおふくろも、元気だぞ」

高井は、なんと答えていいかわからなかったらしく、ただ頭を下げた。

「すっかり、歳をとったがな。俺も、老いぼれた」

「父は、まだ漁に出ているようですが」

「いやなのか?」

「自分は、もうその必要はないだろう、と思っています」

「海が、死に場所。そう決めているな」

「そんな人間です」

「政明、親父から、漁を取り上げるなよ」

「はい」

言って、高井は頭を下げた。

「ありがとうございます」

高井の眼は、私を見つめていた。

「そういえば」

刺身を口に入れながら、群が言った。

「ソルティが、街じゅうを駈け回っていますね。それこそ、獲物を追いかける猟犬さながらに」

「ほう」

「二、三人の男たちを、追ってるようです」

「どうして、おまえにそんなことがわかる？」

「俺も、この街には長いんですよ。女房だっています。もう、十日以上逢ってはいませんが」

「つまり、いろんなことも、すぐ耳に入ってくるというわけか」

それと、多分、推理が入っている。ものごとをいくつか組み合わせ、その組み合わせ方が緻密で周到だから、その上に築きあげる推論が、ほとんど的を外さない。

私がきのう『笙』で飲んでいたのも、いま『高政』にいるのも、その推論で知ったとしか思えなかった。それが小説の才能なのかどうかはわからないが、尋常ではない頭脳の回転を持っているのだろう。

「連絡したがっているようですよ、ソルティは」

船には、何度も電話を入れているのだろう、と私は思った。私は、携帯電話というものは、持たない。秘書室長が一度持ってきたが、無視すると、それきり誰も言わなくなった。

「夕方、ホテルへ来い、と言っておけ」

「ホテル山名ですな」

それも、推論から出てきたのだろう。確認の必要があるから、そうした。それだけのことらしい。

飯と味噌汁と漬物が、盆に載せて運ばれてきた。

「竿と道具は、おまえに返しておく。クーラーボックスは、この店に置いておけ。もう一匹入っているからな」

「寄らないんですか、黄金丸が待っていますよ?」

「俺たちぐらいの歳になると、誰も待ったりはしない」

「そういうもんですか」

「黄金丸も、会えれば思い出す、という程度だろうさ」

群が肩を竦め、ちょっと笑った。

11 シンデレラ

若月がホテルへ来たのは、風呂へ入っている時だった。豪華な造りではないが、風呂場にもきちんと電話が備えられていて、内線が私を呼んだのだ。

下で待たせておけ、と私は山名に言った。

風呂から出て、下着を替え、カーディガンを着こんで下へ降りた。

出されたコーヒーに手をつけず、若月は苛立った表情で待っていた。

「話が違います、会長」

「そうか」

「俺が野本をガードしなけりゃならないのは、川中さんに対してだけでしょう？」

「違う連中が、現われたか。そういうことがあるかもしれないが、自分には関係ない、と川中からは断りを入れられていた」

「三人、います。若いやつらで、その筋じゃありませんが、やたらに殺気立ってますね。これじゃ、三人を相手にしている間に、川中さんにつけこまれますよ」

「わかった。その三人は、なんとかしよう。おまえの仕事は、あくまで、野本精一を川中から守ることだ。明日まで動くな、と川中には言っておく」

言うのではなく、頼む。そういうことになるが、仕方がなかった。

「野本のやつを、少し締めてもいいですか？」

「なにが、あった？」

「俺に隠れて、どこかに連絡を続けてます。問いつめると、女房に電話しただけだ、と言うんですが。携帯を取り上げても構いませんかね？」

「おかしなところに連絡している、とおまえは思うんだな？」

「きわめて、おかしなところへ。よくわかりませんが、金の話をしているようですし。誰かを呼んでいる、という感じもあります」

「適当に、締めろ」

野本が、誰かを呼ぶというのは、ありそうなことだった。いや、すでに呼んでいるだろう。野本は、借金をきれいにした。そうできるだけの金がある、と相手は確かめることができる。

つまりは、金が欲しくて集まってくる連中だ。

野本をどこに隠しているかなど、私は訊かなかった。知っても、仕方のないことだ。

「川中には、まだ動きはないな」

「わかりません。ひとりでなんでもやらなくちゃならないんで、調べようもないんですよ。S市にいる俺の手下を使えたら、楽なんですが」

「それは、いかん。川中もひとりだ」

「わかっています」

「相当、面倒なことになるだろうが、三人については、水村になんとかさせる」

「わかりました」

「そういうふうに、川中にも言っておく」

若月は、絡ませていた両手の指を解いた。

「じゃ、俺は」

「すまんな、若月」

「勘弁してください。会長がそんなことをおっしゃると、身の置きどころがありません。横柄にしていてくださいよ」

「横柄か」

「誰も、ほんとに横柄だとは、思っちゃいませんから」

立ちあがり、一礼して、若月は出ていった。

私は部屋へ戻り、まず船に電話をした。

「ホテルへうかがいます。着替えなども、御入用だと思いますので」

電話の水村は、いきなりそう言った。

「山名が、おまえに知らせたのか？」

「いえ、番号が出ております。ホテルの番号がです」

「そういうことになっているのか、電話は？」

「船の電話もそうです。会長がお気にされていないだけで」

私は、大きく息を吐いた。つまらない時代になったものだ。

「のちほど」

水村はそう言い、電話を切った。

私は次に、ホテル・カルタヘーナに電話を入れ、川中を呼んだ。

「会長、街におられるのなら、なぜうちにお泊りになりません」

出たのは、甥の忍信行だった。

「社長室にかけたんじゃない」

「しかし、ここへ繋がりましたよ。つまり、川中でしょう。ここにいますから」

「出せ」

「なにがあったんです？」

「いいから、出せ」

「川中も、なにも言わないんですよ」

「おまえは、一切口を出すな。無関係でいて、余計なことを知ろうともするな」

「難しいです、会長」

「俺の、命令だ」

忍は、しばらく黙っていた。命令という言葉を使ったことなど、私はほとんどない。

「わかりました。川中に、代ります」

知らないメロディが流れ、しばらくして川中が出た。

「頼みたいことがある」

「言ってみてください」

「おまえとは別に、三人ばかり野本を狙ってるやつらが現われた。若月は、そちらの対応に追われる。少し、時間をくれ」

「なんとかなるんでしょう、そちらで？」

「なる」

「なら、今夜の十二時まで」

「ありがたい」

「三人だけじゃありませんよ、会長」

「そうだとしても、十二時までには態勢は整える。眼障りだろうが、気にせんでくれ」

「わかりました」

「野本は、なにをやった？」

はじめて、私はその問いを口にした。

「本人に、訊いてください」

「そうだな」

電話を切った。

三十分ほど、私は海を見ていた。内線の電話が入り、水村が来た、と山名が告げてきた。部屋に上げてくれ、と私は言った。

すぐに、ドアがノックされた。

水村は、大きなバッグをひとつぶらさげていた。クローゼットを開け、手早く服をそこにかけ、抽出(ひきだし)にもセーターなどを収(しま)った。

「洗濯物は、この袋に入れておいてください。かなりあるのではありませんか？」

「俺のバッグごと、持っていけ」

小さな、書類入れのようなバッグで、下着が入っているだけだ。

「おまえに、働いて貰(もら)わなければならなくなった。野本精一を狙って、外から三人、街に入っている。確認されただけでだ。その連中の排除」

「わかりました。どこまで、やっていいのでしょうか？」

「殺すな」

「はい」

「大怪我(おおけが)も、させるな」

「骨の一本ぐらいで」

私は、ちょっと迷った。

「ひとり、連れてきます」

　私の迷いを敏感に感じとって、水村は言った。

「素人だそうだ。それを、心得ておけ」

「はい」

　水村が、携帯電話を私に差し出した。

「使い方がわからん」

「鳴ったら、このボタンを押してください。それで、通じます」

「かける時は？」

「番号を打ちこんで、やはりこのボタンです。余計なことは、考えないでください」

「わかった」

　仕事というわけではない。携帯電話は必要かもしれなかった。

「あまり時間はないぞ、重夫。川中は、十二時まで余裕をくれた」

「それまでに、三人とも排除するのでしょうか？」

「いや、若月に、近づかんように。それから、若月がガードしている人間にも」

「なら、確実に」

「何人かは、ほんとうはわからんのだぞ？」

「動かせる人間がいます。それは御心配に及びません。川中さんと若月には、触らないように気をつけますので」

「そうしてくれ」

「ひとり捕まえたら、電話を入れます」

「ああ」

水村は、一礼すると部屋を出ていった。

秋の日暮は早い。さっきまで色のあった風景が、もう色を失いかけている。

私は、モンテクリストの吸口を切り、火をつけた。

窓を開けると、海鳥の啼声が聞えてきた。それは見知らぬ動物の声のように、不快に私の耳を打った。

モンテクリストの煙が、窓の外へ流れ出していく。

灰皿にモンテクリストを置こうとして、それが葉巻用のものに変っていることに、私ははじめて気づいた。

動きが出てきたのは、陽が落ちてからだった。

街には、気配というやつがある。それは、はずれのホテルにも、なんとなく伝わってくるものだ。

私はオイルスキンのウインドブレイカーをひっかけ、長靴を履いて下へ降りた。呼んだタクシーは、すでに待っていた。

「メーター通りの、仕事をさせてください」

私が十万円出そうとすると、初老の運転手がふりむいて言った。

「いらんのか？」

「料金は、きちんといただきます。それ以上のことを、私はするわけじゃありませんので」

「何時間も、待たせるかもしれん」

「待ち時間も、メーター料金に入りますんで」

金を要らないという人間は、少ないがいないわけではなかった。

「じゃ、預けておこう。釣りは、細かいのをはぶいていい。万札だけ返してくれ。俺が三時間以上車に戻らなかったら、メーターを倒したまま山名ホテルへ行き、釣りの万札だけ山名に渡してくれ」

「それぐらいなら、お言葉に甘えます」

完全に、私を拒絶しているわけでもないらしい。私は葉巻をくわえ、火をつけようとした。

「煙を吐いても、いいのかな？」

「そりゃもう、お客様の御自由です。あんまり濃い煙で視界がぼやけるなら言いますので、窓を少しだけ開けてください。寒いですから、全部開けることはありません」

「わかった」

運転手は、それ以上無駄口を叩かなかった。

「この街の大きな通りを、全部走ってみてくれるか」

「飛ばすんでしょうか?」

「普通にだ。停れと言ったら停り、ドアを開けろと言ったら開けろ」

「言われたことだけ、やるようにします」

街は、一見すると平穏にしか見えなかった。底に、微妙に剣呑な気配が流れているだけだ。運転手は、それを感じているのかもしれない。気配が濃いところでは、スピードを落とし気味で走っている。

「この街の出か?」

「神前川の上流の方です」

ならば、街の出身というわけではない。この街の異常な発展を遠くから眺めていて、働き口をここに求めたということだろう。

二十分ほど、街を走り回った。日向見通り、リスボン・アヴェニュー。通りの名前の滑稽さは、そのままこの街の滑稽さだ。

私の眼で見たかぎり、車を停めなければならないような混乱は、なにもなかった。

携帯電話が鳴った。私は、水村に教えられたボタンを押し、耳に当てた。

「ひとり、確保しました。残りは逃げてますが、戦闘力はありません」

「残りは、何人だ？」

「五人、いました。みんな素人です」

「確保したひとりに、会おう」

ヨットハーバーの、ムーン・トラベルの倉庫に連れて行きます。ゲストバースの正面で、小さな看板が出ています。それから、倉庫の明りがついています」

「ヨットハーバー、と私は運転手に言った。

車はスピードをあげるでもなく、リスボン・アヴェニューを南下した。

ムーン・トラベルの倉庫は、すぐにわかった。倉庫に明りがあるのは、そこひとつだった。この季節、船をやる連中はほとんど来ていないのだろう。

「停めろ」

車が停った。私が開けろと言うまで、ドアは開かなかった。

倉庫の中では、水村が憂鬱（ゆううつ）そうな表情で立っていた。足もとに、男がひとり転がっている。

「ひどい怪我をさせちゃいません。ただ起きあがると、暴れるんです。何度もです」

まだ三十にはなっていないだろう。華奢（きゃしゃ）な躰（からだ）つきの男だった。

私が顎（あご）をしゃくると、水村は男を引き起こし、背活を入れた。

眼を開けた男が、しばらくして立ちあがった。やはり、水村とは勝負になりそうもない躰つきだ。それでも、憑かれたように、水村にむかっていこうとする。

「やめておけ、若造」

私が言うと、男はふり返った。私がいることに、はじめて気づいたようだ。

「こいつといくらやり合っても、野本精一には会えんぞ」

「俺は」

野本精一という名が、男を冷静にしたようだった。

「俺は、あいつを殺さなけりゃならないんだ」

およそ、殺すという言葉がそぐわない男だ、と私は思った。普通より繊細だ、という感じがある。

「いまここにいないやつを、殺せはしないだろう。その男も、野本の居所など知っちゃいないぞ」

「じゃ、なぜ野本を捜すな、と言った？」

「野本を追いかけているやつがほかにもいて、おまえは邪魔だということだ」

「俺たちは、野本を捜す。そして、殺す」

「ほかにも、野本を殺そうというやつがいる。野本が、自分を守る人間を、呼び寄せたという可能性もある。それは多分、おまえらのような素人ではないだろう。つまり、おまえらの命が危険になってくる」

「だからって、あんなことを許せっていうのか。あれは、人を殺したのと同じだ。いや、もっとひどい」

「ふん。この世に、ひどくないものなんてのが、あるのか、若造？」

「手首だぞ、手首」

男が、私の方へ顔を突き出してきた。

「ピアニストの指は、命だろうが。命以外の、なんでもないだろうが」

いやな予感が、私を包みこんだ。川中が、出てきているのだ。

「左の手首を切り落とされたピアニストは、殺されたも同じだろうが」

「絵描き（えかき）が、眼を潰さ（つぶさ）れたようなもんか」

私の言葉に反応し、男が摑み（つかみ）かかってこようとした。水村の蹴り（けり）で、あっさりと倒れて気を失った。

「どうしたものかな、こいつを」

「もっと、詳しい話を聞かなくてもいいんですか？」

「聞きたくない」

「わかりました。街に入れないようにします。手荒にはやりませんから」

水村の、携帯電話が鳴った。

短いやり取りをし、水村は電話をポケットに滑りこませた。

「まだ、厄介なことが続いております。会長。俺は、行かなけりゃなりません」

「なんだ？」

「はっきりわかったら、会長のお持ちの携帯に、報告を入れます」

私は、頷いた。そうするしかなかった。

私の方が先に倉庫を出て、タクシーに乗った。水村が乗っているらしいワゴン車は、倉庫の脇にうずくまっている。

「おい、『笙』という店はわかるか？」

「はい」

それ以上は言わず、運転手は方向を変えた。

私は、眼を閉じていた。

「着きました」

運転手が言った。

「開けろ」

私はタクシーを降り、『笙』のドアを押した。

山之内の、静かな声が私を迎えた。

入口から死角になるカウンターに、背中が二つあった。二人とも、大きい。川中と忍だった。忍がふりむき、なんとも言えない顔で私を見た。

「ホテルのバーで、高級な酒を飲めばいいだろう、おまえら」

　スツールに腰を降ろしながら、私は言った。山之内が、私のオイルスキンを受け取り、ハンガーに掛けた。

「三十年物のアードベッグを、私は飲んでしまいましてね」

　忍が言う。

「ここには、何本かあることを知っていたんですが、マスターは頑として出してくれません」

「それを飲める男になったのか、おまえら？」

「そんなふうに言われるんじゃないか、と忍と話してたところです。ここに久納さんが来ればのことですが。しかし、ほんとうに来てしまった」

　川中は、コイーバを灰皿に置いている。火は消えているようだ。

「十二時まで、俺は暇なんでね。それで、忍に付き合って貰っている、というわけで」

「十二時までか」

「シンデレラ・リバティというやつですな、川中は」

　それは野本のことだと思ったが、私は黙っていた。野本の名さえ、出したくなかった。

12 手首

店の角の、ちょっとしたスペースに山之内が立ったのは、十時を回ったころだった。曲屋(まがりや)のようになった店の構造は、音響効果が抜群らしい。私のような男にも、それがわかった。

山之内が持っているのは、飴(あめ)色をした和笛(わてき)だった。漆(うるし)などは塗っていないのだろう。年季の入った光沢を放っているが、竹の質感も隠されていない。

山之内が、笛を唇に当てる。悲壮な音が、流れはじめた。それを悲壮と感じたのは、私だけなのかもしれない。川中は、ラッパーと呼ばれる葉巻の表面の薄い葉に、唾(つば)をつけていた。ラッパーは破れやすく、小さいうちに唾をつけて塞(ふさ)いでしまうのだ。忍は、ウイスキーのグラスを宙に翳(かざ)して、ぼんやりと眺めていた。

私は、火のついたモンテクリストを灰皿に置き、音色に耳を傾けた。あまり不快ではない過敏さが、気持の底を激しく掻(か)き回す。こんな掻き回され方をするのは、久しぶりのことだった。

「和笛と言いながら、ジャズみたいなリズムだな」

川中が、忍に言っている。

「あいつ、ジャズバンドと組んで、セッションをやったことがある。まさしく、ジャム・セッションってやつだな。ただ、和笛には音符もないらしい」

「ジャズな。楽器はなにを遣おうと、ジャズはジャズだ」

「悪くないだろう」

私は、手首のことを、川中に訊きたかった。しかし、決して訊かないだろう、とも思っていた。それを知ることに、いまの私には大きな意味はないのだ。決めたことは、変えない。いままで、そうして生きてきた。

曲調が、不意に変った。

過敏さが、切迫したものになった。

私は、眼を閉じた。そうしていても、眼に浮んでくるものはなにもなかった。

「こいつが、ドラムスとベースで支えると、まるで違う曲に聴えてくる。音楽ってのは、おかしなもんだよ」

忍の、のんびりした声が聞えてくる。

曲は終り、山之内はカウンターの中に戻ってきた。

「一杯、飲め」

私が言うと、山之内は頭を下げ、三十年物のアードベッグを、ショットグラスに半分ほど注いだ。

「俺たちには？」

忍が言ったが、私は返事をしなかった。

「ところで、『陽炎』のレコードは、俺が譲って貰うことになった」

川中と眼が合ったので、私は言った。

「いい曲が揃ってました。しかも、すべてレコードで」

「年に一度、聴きに行くことになっている。生きている間に、全部というわけにはいきそうもない」

「俺が、受け継ぎますよ」

「任せられんな。おまえは、いつ死ぬかわからんところがある」

「確かに」

「それでもまだ、生きているな。藤木と名乗っていた、重夫の兄も、まわりにいた何人かも、死んでいる。おまえの代りだった、と俺は思ってるよ。いま、おまえに代りなんて男がいるのか？」

「欲しくありませんね。代りに死なれる。久納さんだって、人生はその歴史だったんじゃないんですか？」

「似た者同士か、おまえと俺は」

「大して、ありがたくない話ですが」

やはり私は、手首の話を訊けずにいた。無意味であろうと、いや無意味だからこそ、心にこたえることもある。

火の消えたモンテクリストをくわえ、私は火をつけた。葉巻用の長いマッチを吹き消さず、灰皿で燃え尽きるのを、私は見ていた。

「俺はコイーバ。久納さんはモンテクリスト。同じ葉巻喫いでも、それぐらいの違いはある。何種類もヒュミドールに入れて、鍵なんかかけておく忍は、論外ですが」

「おい、川中。禅問答はやめておけ。なにが起きているかもわからん俺は、混乱するだけだ」

「なあ、信行。おまえは、歳を取るのがつらいと思ったことは、あるか？」

「老けるというのではなく、ですか？」

「老けるだけ、老けちまってるさ、この三人の心はな」

「会長、やっぱり俺は、禅問答は遠慮しておきたいです」

低い声で、川中が笑った。

「おかしいか？」

「久納さん、暇なんですね。俺も暇ですが、久納さんもシンデレラ・リバティですか」

「あと、二時間とちょっとは」

「同情しますよ」

「なんに？」

「あなたの年齢にです、久納さん」

「大いに、同情してくれ、川中」

「俺は多分、あなたの年齢まで、生きることはない、という気がしますね」

「羨ましい話だ」

「まったくなあ」

忍が呆れたように言い、スーツの胸ポケットから、リングをはずした葉巻を出して、吸口を切った。火をつけ、流れてきたその煙で、パルタガスだということが、私にはわかった。

「二人で、どうしたっていうんですか。なんで川中がこの街に来ているかわかりませんが、この男が、なに事もなくN市から遊びに来るわけがない。おまけに、ソルティが妙な動きをしています。すべて、会長と関係あることなんだろう、と俺は思ってます。それなのに、シンデレラ・リバティだの、老けるだの、なんだというんですか」

忍の声には、かすかな苛立ちが滲み出していた。それを煙の中に紛らわせてしまうように、忍はパルタガスを盛大にふかした。

「俺はいいんですよ、どうでも。俺が必要なら、会長はそう言われるでしょうし」

「いまのところ、おまえは邪魔なだけだ。いまのところだが」

「出番が、あるんですか？」

その質問を、私は無視した。二杯目のアードベッグを、ただ呷った。山之内が私の顔を窺い、眼で頷くと、瓶を手にとり、鮮やかな手つきで注いだ。

「老いるというのは、難しいもんですね、久納さん」

「もう老いぼれちまってる俺に、おまえがそう言うのか？」

「歳を重ねても、老いない人もいます」

また禅問答かというように、忍が肩を竦めた。

なぜか、山之内の笛の音の、切迫した調子を私は思い出していた。違う心の状態だと、あの調子は消えるのだろうか。戦速で走りはじめた重巡。つまり、すぐにでも砲撃戦がはじまる軍艦の中にいる気分と、ひどくよく似ていると思った。

「なぜ、和笛には楽譜がない？」

「それは、五線紙というものが、日本にはありませんでしたので」

山之内は、口もとに静かな笑みを湛えた。

「和楽はみんな、絶対音感でなされてきました」

「ピアノも、それで弾けるか？」

ピアノという言葉に、川中があるかなきかの反応を示した。

ピアニストの手首ということを、私はやはり訊けなかった。

「すべての楽器は、楽譜なしでも音を出せると思います」

「そうか。そんなものか。静かな曲も、吹けるのだろうな?」

「会長が、お望みでしたら」

「今夜は、もういい」

私は、グラスを口に運び、中身を半分ほど流しこんだ。

携帯が鳴った。

私はボタンを押し、耳に当てた。

「会長、厄介なものの正体が、ひとつはっきりしました」

「そうか」

「お会いになりますか?」

「ああ」

水村がそう言うからには、会った方がいい人間なのだろう。

「須田がやっていた店です。『てまり』といいますが、御存知ですか?」

須田は、だいぶ前に死んだ男だった。

「すぐに、行こう」

私は財布から十万円の束を出して、カウンターに置いた。

「会長、これは」

「いい。演奏代も入っている」

それでも、山之内は辞退するという素ぶりで、束を押し返してきた。

「山之内」

「はい」

「今夜は、これだけ払う。俺が決めた」

山之内は息をつき、頭を下げた。

タクシーは、大人しく待っていた。私は『てまり』と告げ、眼を閉じた。

車の中で、須田という男のことを、思い浮かべた。死なせるのは惜しい男。そういう男にかぎって、急ぐように死んでいく。

須田を殺したのも、この街ということか。

タクシーはすぐに、『てまり』の前に着いた。

「開けろ」

私が言うのと同時に、ドアが開いた。

この店について、ぼんやりした記憶が私に残っていた。ドアを開けると、シャンソンが流れていた。

カウンターにいた女が、私の方を見て、ちょっと頭を下げた。

「おまえは確か」

放って
「秋山安見です。N市から来ました」

「おまえが、この街の厄介のもとか」

N市のホテル・キーラーゴのオーナーの娘のはずだ。

「あたしは、なんの御厄介もおかけしていません。なにがあるのか知りませんが、放って
おいていただけますか」

ほかに、連れらしい若い男が二人いる。水村が、半分力ずくで連れてきたのだろう、と
私は思った。

「ハイボール」

カウンターに腰を降ろし、私はバーテンにむかって言った。水村がカウンターのボトル
を指さし、バーテンは頷いてそれをとった。おや、と思うほど、鮮やかな手際だった。酒
は単純なものほど、作るのは難しい。

「名前は？」

三十歳ぐらいだろう、と私は思った。

「宇津木と申します」

「須田を、知っているのか？」

「はい」

「どんなやつだった、おまえにとって？」

私は、ハイボールを口に含んだ。口の中で、泡が弾ける。男の人生が弾けるようだ、と気障な言葉が浮かび、すぐに打ち消した。どういう弾け方をしようと、泡は泡だ。

「勝手に、ひとりきりで生きていると、思いこんでいる女か」

秋山安見の方を見て、私は言った。

「おまえがなんと言おうと、厄介は厄介なのだ」

「御迷惑はおかけしない、と申し上げています」

「なにを、しに来た？」

「野本精一という男を捜しに」

「捜し出して、どうする？」

「そこまで、申し上げるつもりはありません」

「俺は、久納義正という」

「存じております」

「野本精一は、俺が保護している」

「そんな」

「俺が野本精一を保護するのに、おまえに説明できる、いかなる言葉もない。だから、ただ帰れと言うだけだ」

「川中良一さんが、来ているはずです」

「さっきまで、一緒に飲んでいたよ」

「川中のおじさまは、間違いなく野本精一を殺しますよ」

「殺すなどと、平気で言う女か。俺が保護している以上、死ぬのは川中の方だ」

「なぜ？」

「説明できる言葉はない、と言った」

「なんで、理不尽なことがまかり通るんです。あたしは、承服できません」

「理不尽なことだから、まかり通る」

「久納会長、この街では、なんでも自由にできると考えておられるのですか？」

「自由にできないから、厄介なのだ。おまえの厄介は、俺にとっては蝿のようなものだが。それでも、人の命が関ってくるかもしれん」

「すべての責任を取る覚悟が、あたしにはあります」

「思い上がるな。人の死に、責任を取れる者などいるものか」

私はハイボールの残りを飲み干した。泡が消えてしまう前に、飲むべき酒だった。

「とにかく、街を出ろ。これは忠告ではなく、ただ命じているだけだ」

気の強そうな視線が、返ってきた。

「追い出される前に、出ていけ」

「人を使うんですね。水村さんのような人を。それで、なんでもできると、考えておられるのですね」

「俺の頭の中は、川中との殺し合いで一杯なのだ。つまらんことで、煩わされたくない」

「久納会長と川中のおじさまが、なぜ？」

「めぐり合わせだな」

「めぐり合わせで、人は殺し合うのですか？」

「殺し合うとも。憎んでも恨んでもいなくても、殺し合う」

「あたしには、あたしが考えていることがあります」

「命令だと言ったぞ。出ていけ」

私がちょっと手を挙げると、水村が連れの男二人の腕を摑み、スツールから立たせた。すでに抵抗を試みて痛い目に遭ったのか、大人しいものだった。しばらく私を見つめ、それから二人が外に連れ出されると、秋山安見も立ちあがった。しばらく私を見つめ、それから外へ出た。

五分ほどして、水村が戻ってきた。

「トンネルのむこうまで、二台が付いて行きます。あの娘は、諦めないでしょうが」

ひとりでも戻ってくるだろう、と私は思った。

「それから、野本精一が呼んだらしい連中が、この街に入りました。素人ではありません」

「なら、金で片を付けろ」

「ふた組、いるような気がします。摑めているのは、ひと組の三人だけです」

「数を、減らしておけばいい」

「わかりました。会長は、どうされますか？」

「俺はもう、ホテルへ戻る。おまえは、打てるだけの手を、すべて打て。連絡は、携帯にな」

「充電器が、ホテルにあります。お休みになる前に、それを。御主人が心得ていますので」

私は頷き、腰をあげた。

「おい、若いの」

「はい」

宇津木は、いい眼をしていた。もの腰に、須田を思い出させるものもある。

「いつか、須田の話を聞かせてくれ」

「私が知っていることでしたら」

「静かになってからだ、この街が」

私は外に出、タクシーに乗った。

ホテルへ着くと、運転手は釣りを差し出してきた。

「細かいのは、いらん」

私は、一万円札を数枚受け取った。

玄関で、山名が出迎えていた。

「お客様です」

フロントの前の椅子に座っていたのは、若月と野本精一だった。野本の顔が、変形している。私を見て、野本がなにか言おうとした。

「若月は、理由もなく人を殴る男ではない。おまえが呼んだ者は、明日にはいなくなっている。おまえに金がないと知ったら、平気で捨てていくやつらさ」

「それだけじゃありません」

若月が、立ちあがった。

「こいつがなにをやったか、御存知ですか？」

「若月、おまえがやることは決まっているはずだ。それだけをやれ。ほかのことを、俺の耳に入れるな」

若月が、うつむいた。唇を嚙みしめているのが、はっきりとわかった。

「行け、もう」

「俺を、ほんとに守ってくれるんだろうね？」

「この屑野郎に、俺の前で声を出させるな」

野本が、なにか言いかけ、口を開いたままかたまった。若月の小さなナイフが、脇腹を突いていた。血が、ちょっとだけ服にしみる程度の傷だろう。

「海へ、出ます。場合によっては、姫島を使いたいんですが」

「勝手にやれ」

川中が姫島に上陸すると言っても、止める者は誰もいない。それは、若月にはわかっているはずだ。

二人が、出ていった。

「携帯を充電しておくように、水村さんから言われております。大してお使いでなかったら、三十分も充電すればいいと思いますし」

奥から出てきて、山名が言った。

「待つかな。その間、寝酒でも貰いたい。今夜は、俺の奢りでだ」

「マールを」

「それから、燻製が欲しい」

「かしこまりました。自信作を、お出しできます」

私から携帯を受けとり、山名は奥に消えた。しばらくして、ブランデーグラスに注がれたマールと、スライスした燻製が運ばれてきた。

　モンテクリストには、もう火はつけなかった。一日に三本、と決めている。

「いい匂いだ」

「燃やすチップスに、工夫をこらしてあります。私の秘密ですが」

　香りだけでなく、味もよかった。

「教えてくれないか？」

「御自分で、なさるおつもりですか？」

「無理かな」

「これでも、結構手間がかかるものなのです。釣った魚の処理から、はじめなければなりませんので」

「秘密を、ただで教えろとは言わんよ」

「売れません」

　山名が笑った。

「売るぐらいなら、お教えしません。御自分でなさるなら、釣りの段階から私が付き合わせていただきます」

「済まんな、買えるはずのないものを、買うなどと言ってしまった」

「お似合いになりませんね」

「なにが？」

「人に済まないなどと言われるのが」

心のどこかが、少しささくれているのかもしれない、と私は思った。それで、無用な言葉を捜そうとしている。

「明日、早いのか？」

「六時です。歩いて五分というところですか。研ぎあげた小出刃も持参します」

「起こされなくても、大丈夫だな」

私は、マールをちびりと舐めた。

13 燻製

朝まずめという時刻なのだろう。

小さな岩の上から投げた餌には、すぐに鯵が食らいついてきた。釣った鯵は、山名が鰓に庖丁の先で小さな傷をつける。それを、海水を張ったバケツの中で泳がせるのだ。

鰓からは血が赤い煙のように出てきて、十尾も放りこむと、すっかり赤い色に染った。

山名はバケツの水を入れ替え、横たわって動かなくなった鯵は、クーラーボックスに移した。じわじわと殺す、残酷な方法とも思えた。

「すぐに殺さないのに、なにか理由があるのか?」

「完全に血を抜くためには、これが一番いい方法と言うしかないんです。即死させると、やはり身に血が残ります」

最後まで心臓が動き続け、塩分濃度が変らない海水の中では、吸い出されるように血が出る、ということなのだろう。

残酷と言うのも、偽善の臭(にお)いがする。釣った魚は、血を抜いた方が確かにうまいのだ。

「俺が釣った魚には、俺が庖丁を入れよう。小出刃は、バケツのそばに置いておいてくれ」

「こだわるんですね、命というものに」

「それほど大袈裟(おおげさ)ではないが、気分の問題がある」

「では、そこに置いておきます。大型の魚ではないので、鰓を切るのはほんのわずかでいいんです」

私はそれから三尾釣り上げ、鰓に庖丁を入れた。

そのあたりで、食いが止まった。

「充分でしょう。いい形の真鯵(まあじ)が、二十尾ってところですから」

山名が言った。クーラーボックスの中には、まったく血の色がない。

ホテルまで、浜伝いに歩いた。

「もうしばらく、氷と海水で締めます。それから捌きますが、水村さんは朝食を済ませてください」

「燻製にするのに、どれぐらいの時間がかかるのだ？」

「五時間、というところです。温燻法ですので、身はそれほど硬く締りません。その分、下処理で完全に締めなければなりません。塩で、まず余分な水分を抜きます」

「温燻法のほかに、なにがある？」

「冷燻法とか熱燻法とか、さまざまです。電気を使うのまでありますよ。大型の魚は、冷燻法でいきますが、それだと五日はかかるんです。冷えた煙で燻しますのでね」

「なるほど」

私は部屋へ戻って手を洗い、防寒のために着ていた、登山用の下着を脱いだ。十一月で、朝夕はかなり冷える。

カーディガンを羽織って、下の食堂に降りた。

山名の妻が、コーヒーを運んできた。どういう淹れ方をしたのかわからないが、香りの高いコーヒーだった。

「客は、俺ひとりかね、奥さん？」

「もうひと組いらっしゃいますが、朝食は九時半と承っております」

ひと組と言うからには、ひとりではないのだろうと、私はなんとなく考えていた。まだ八時を回ったばかりだ。

「食事は、山名が作るのか？」

「はい。それが愉(たの)しみで、ホテルをはじめたようなものですし」

「料理人だったわけではないだろう。なにかの研究をしていた、と聞いた」

「公害防止関係の研究ですわ。そちらの方じゃ、いくつか特許を会社に残して、いまでも大事にしていただいております。それとは別に、料理の研究も趣味でしたから」

「いいさ。老後は、暗くない」

「はい。あたしも、主人の趣味が料理でよかった、と思っておりますわ。あと、お酒ですね。あたしはワインが好きなんですが、主人は蒸溜(じょうりゅう)酒ばかりでして」

「奥さんはワインか。それも悪くない。せいぜい高いワインを飲んで、山名の尻(しり)を叩いてやるんだな」

山名の妻が、声をあげて笑った。小肥(こぶと)りで、どこか年齢不詳という感じもある。色香は、充分持っていた。

「コーヒー、お代りをお持ちしましょうか、水村さん」

いつの間にか、私はコーヒーを飲み干してしまっていた。

「食後にしてくれ」

「違う豆を使ったコーヒーです。そのあたりはあたしの趣味で、主人のことをとやかく言えないんですけど」

「いい夫婦だ。趣味で競い合っていれば、おかしなことにもならん」

「ならいいのですが」

山名の妻は、また声をあげて笑った。私は、水村の名で、この宿をとっている。

朝食が運ばれてきた。ありふれたものではなかった。卵はスクランブルやフライドなどというものではなく、燻製だった。サラダは擂り胡麻をまぶした野菜で、鴨の燻製が入っている。水村がとったので、私は水村だった。

「申し訳ございません、燻製づくしのようで。でも、評判は悪くございませんのよ。あと、スープが出ます」

「それも、燻製かね？」

「人参のスープです」

「あえて、食いたいとは思わんな」

「とにかく、お召し上がりください。人参がお嫌いな方は、少なくありません。そういう方には、ほんとうは黙ってお出しするんです」

「嫌いというほどのことでもないが、メニューで選べと言われたら、選ばんな」

運ばれてきた、人参スープから口をつけた。人参だと思っても、臭いがしなかった。微妙なトロ味もある。

ガーリックの匂いのするトーストも、運ばれてきた。

「このスープは」

「ほんとに、人参ですのよ。ただ、焼いたベーコンを入れ、御飯が少々入っていますの。それで、臭いは消えて、トロ味が出るんです。簡単なものですわ。ミキサーで掻き回すだけですから」

私には、適当な量だった。

トーストの朝食など、久しぶりのことだった。周囲が気を使い、東京にいる時も、姫島と同じ朝食が出てくる。

食事を終え、コーヒーを飲んでいると、厨房(ちゅうぼう)から山名が出てきた。

「いかがですか、家内のコーヒーは？」

「惜しいな。売り物だろう、これは？」

「そうです」

「金を出せば飲めると思える。そこのところが惜しい。売らずに、気に入った相手にだけ出す。そういうものだ」

「高(たか)がコーヒーですよ」

山名が、声をあげて笑った。

「そろそろ、はじめますか？」

「客が、俺以外にひと組いると聞いたが」

「その朝食の準備は、できています。幸いに、オーソドックスなコンチネンタル・ブレックファーストの御註文を、いただいておりますので」

「じゃ、行くか」

私は部屋へ戻ってオイルスキンを着こみ、外へ出た。

雲がたれこめた日で、風はほとんどない。冷たい雨が、降り出しそうな気配だった。

山名のスモークハウスは、歩いて三分ほどの、岩と岩の間に作ってあった。さっき釣りをした場所の近くだ。

「塩は、落としてあります。ずいぶんと、水が出るものなんですよ」

内臓も一緒に、スモークする。それは、食っているのでわかっていた。魚の燻製がそういうものなのか、ほかのものを思い出せなかった。干物は、内臓が一緒ということはない。

山名は、金網に鯵を並べた。二十数尾並べると、網は一杯になった。山名が、釣りを切りあげた理由がわかった。一度にスモークできるのが、この量なのだ。

「このスモークハウスは、自作でしてね。このあたりまでが、うちの敷地ということになっているんです」

「なっている、とは?」

「海際ですから、国有地の借地権ということになるのです」

「そういうことか」

私は、煉瓦（れんが）で作られたスモークハウスの中を覗（のぞ）きこんだ。一番下に、炭火を入れるようだ。チップを置く網は、三段階に調節できるようになっている。

「こんなものか、スモークハウスは？」

「我流です。本式のものがどうなっているのか、私は知りません」

「うまいものが出来るのが、本式だろう。いまのところ、これが俺にとって本式だ」

「いまのところ、ですか？」

山名が、笑った。我流と言いながらも、その我流に自信を持っているのだろう。

「俺は、土建屋だった。こういうのを作るのは、お手のものだ」

「土建業で作るような規模では、ありませんよ、いくらなんでも。しかし、水村さんは、そういう御職業に見えませんね」

「医者をやっていたことも、ある」

「よく、わかりません。とにかく、水村さんが御自身でお作りになるなら、構造はきちんとお教えしますよ」

「見ただけでわかる、これは」

「そうですね。まったく、その通りです。ただ、風も大事でしてね。まったく遮ればいいというわけではなく、強く吹けばいいというものでもありません。わざわざ海際に作っているのは、風を生かすためなんです」

「俺も、海のそばで暮している」

「そうだとは、思っていました。着ておられるのは、ヨットなどをやっている人たちに、人気のあるものですから」

喋りながら、山名は携帯燃料に火をつけ、持ってきた焚きつけ用の小枝を燃やした。炭は、そばのボックスに入っていた。炎があがると、炭を置いていく。火は、すぐに炭に移った。

「ここでも、風が必要なんです。はじめたばかりのころは、炭を熾すのに、散々苦労したものです」

煉瓦積みのところどころに、熱を逃がすためなのか、穴が穿ってあった。こつは、このあたりなのかもしれない。

炭に火が移り、赤々と燃えはじめた。山名は、何度も掌を翳して、熱を確かめていた。それから、白いチップを目の細かい金網の上に撒いた。チップは四種類あり、それも山名流のようだ。

チップはすぐに焦げはじめ、煙がたちのぼってきた。

「砂糖もなにも、使いません。すべて、煙だけで。最初のこれは、二時間。樫の木のチップです。次が椎で一時間、桜で一時間、そして最後に、この黒いので一時間です」

「黒檀か？」

「よくわかりますね。唐木というやつで、日本では手に入りにくいのです。友人が、床柱にするために輸入していましてね。切り落とした部分を、分けて貰っている、というわけです」

「家具にも、これを使ったものがある」

「目の細かい、というか密度の高い木でしてね。煙も、濃厚なものですよ」

「普通、これをチップに使うのか？」

「まず、聞いたことはありません。熱の具合も、決まるまでにずいぶんと試行錯誤をくり返しました。黒檀を思い立ってから、おかしな味の燻製を口にする日々でしたよ。家内は、手をつけてもくれませんし」

「捨てないで、食う。それが、こういうものを作る時の、根性の入れ方なのだろうな」

私は、そばの岩の出っ張りに腰を降ろし、葉巻をくわえた。スモークハウスの風下になるので、香りが紛れこむことはないだろう、と思った。

「きちんと、風下で喫ってくださるんですね」

山名も、私のそばに腰を降ろし、ポケットからパイプを出した。

「これをやれ、山名」

私は、シガーホルダーから、モンテクリストをもう一本出した。

「朝の、卵の礼だ。あれは、客に出すものじゃないんだろう？」

「確かに。では、いただきますよ」

「物々交換の方も、忘れてはおらん」

山名が、笑って頷いた。

屋外で葉巻を喫うには、こつが要る。風で、片側だけが燃えてしまうのだ。たえず吸口を風に向け、しかもゆっくりと葉巻を回す。

私のやり方を見て、山名はすぐに理解したようだった。

「火の具合は、そばで見ていなくていいのか？」

「それは、煙を見ていればわかります」

「なるほど」

パイプにも、多分、同じようなこつがあるのだろう。

「いい生活か？」

「は？」

「いや、いい人生か？」

「祖父から譲られた土地でホテルをやって、好きなものを作って、あとはのんびりとなにも考えない。いい人生に決まっているだろう、と人は言います」

「違うのか？」

「私は、研究を続けたかったんですよ。公害防止の研究をです。しかし研究というやつはチームプレーで、しかも信じられないようなエネルギーが必要になります。若い者に、付いていけなくなるのですよ。自分が足を引っ張っているのだと、ある日、気づいてしまうんです。そうなると、もう研究には関れません」

潰しもきかない。大学教授ぐらいをやるのが、いいところだろう。教えるのは、蓄積を吐き出すだけで、創造ではない。

燻製ぐらいにしか執念を燃やせない晩年、と本人は考えているのかもしれない。

「難しいな、生きるのは」

「まったくです」

山名は、私のことを訊こうとはしなかった。宿の主人と客という関係は、崩そうとしてこない。

沖を、パワーボートが走っていくのが見えた。船名までは読みとれないが、ブラックウォッチの独特のフォルムは、遠眼にも明らかだった。若月の、いまの船である。四隻目ということになるのか。船の歴史を見ていると、スポーツフィッシャーマン型に傾斜しているのが、よくわかる。

若月は、川中から逃げているのだ、と私はなんとなく考えた。切迫した思いは、なにも襲ってこない。

14　ジャム・セッション

鰊の燻製が入った蕎麦の昼食を終え、部屋に上がった。すでに、ベッドメイクは終っていた。

鰊の燻製も、自作だという。山名は、徹底的に私に燻製を食わせるつもりらしい。作るつもりなら食うこと、という考えを持っているのだろう。

電話が鳴ったのは、私が部屋の窓から、降りはじめた雨を眺めている時だった。

「報告が、二つあります」

水村の声には、いつものように感情が感じられなかった。それが表面だけであることを、私はいやというほど知っている。

「軽い方から、言え」

「野本精一が呼んだ連中のうち、三人は金で追い返しました。成功報酬一千万と言っていましたが、割りに合わないと考えたようです。ほんとうは野本にまったく金がないことも、わかったようですし」

水村が、ちょっと言葉を切った。

「もうひと組入っていますが、これが尻尾を出しません」

「動いていない、ということだろう。仕事をやるなら、動く。その時、捕捉しろ」

「そのつもりです。それから、秋山安見とその仲間は、S市にいます。ほかの連中はともかく、秋山安見だけは、またこの街に戻ってくる、という気がします。それを防ぐことは、難しいと思います」

「野本をどうしようというのだ、秋山安見は?」

「わかりません。川中さんを止めようとしている、というふうにも俺には見えます」

「わかった。次の報告は?」

重たい方の報告、ということになる。

「忍社長が、会長に会いたがっておられます。ホテル・カルタヘーナへ、来ていただきたい、という伝言です」

「信行が、俺を呼びつけているのか?」

「お願いしてくれ、ということでした」

「来い、と言え。夜、街のどこかの酒場にいる」

「ホテル・カルタヘーナへ行かれた方がいい、と俺は思うのですが」

「本気で言ってるのか、重夫?」

「本気です」

「なにがある?」

「行ってみてください、会長」

「わかった」

水村がそこまで言うなら、それだけのことがある、ということだろう。

「おまえ、東京のバーに、レコードの整理には行かんのか？」

「仕事がなくなった、と判断したら、行かせていただきます」

「川中には、触るなよ」

「わかっております」

電話を切っても、私はすぐには出かけなかった。喫いかけの葉巻が短くなるまで、椅子に腰を降ろし、海に降る雨を見ていた。

葉巻が四センチほどになり、リングに火が届きそうになった時、私はそれを灰皿に置いた。そうやっておけば、自然に火が消えるのが、葉巻だ。

部屋の電話で、タクシーを呼んでくれ、と山名に頼んだ。それから、オイルスキンを持って下へ降りた。

山名は、燻製にしたばかりの魚を、笊の上に並べていた。数日、風に当て、熟成する期間が必要らしい。

「いい鯵でしたよ、水村さん。見ただけじゃわからない部分もあるのですが、思った通りの仕上がりになっています」

「そうか」

「熱の逃がし方など、詳しい製法は、書いてお渡しします」

「俺は、おまえの製法を超えてみよう、と思っているんだよ。何年か、かかるだろうが、生きているうちに、俺のが勝ったと思えるものを、作りたい」

「ものを作るというのは、そういうことですよね。私も、いまの製法で止まっているつもりはありません」

「面白いな」

「とても」

山名が、口もとを綻ばせて笑った。

タクシーが来た。きのうの運転手だった。

「ホテル・カルタヘーナ」

言うと、運転手は復唱し、車は動きはじめた。しばらく海沿いの道を走り、群の家の前も通り過ぎた。

ホテル・カルタヘーナの敷地に入り、車寄せに滑りこんで、ドアが開いた。私は、運転手に一万円札を渡し、待たなくてもいい、と言った。

ドアボーイが、私を遮ってくる。慇懃無礼というやつだ。

「こんな身なりじゃ、入れてくれんのか？」

オイルスキンに、デュバリーのブーツ。海の上なら、どこでも通用する恰好だ。

「御用件を、承りたいのですが」

「用件はない。ここの社長に会いに来ただけだ」

「アポイントは、お持ちでしょうか？」

「面倒なことをやる習慣が、俺にはない。通せ」

「困ります、お客様」

「おい、小僧。お客様だと思っちゃおらんだろう。だから通さんのだな」

「私はただ」

「うるさい」

「これは」

声がし、男がひとり駈け寄ってきて、頭を下げた。見覚えはある。しばらくして、伊達という名を、私は思い出した。

「ここには、滅多に来ない。社長室がどこか忘れた。案内しろ、伊達」

「名前を、私の名前を憶えていただいて、光栄です、会長」

うるさい、ともう一度言いそうになった。

伊達が歩きはじめたので、私は付いて行った。途中で、忍が飛び出してきた。

「申し訳ありませんでした。御足労をおかけしまして」

「信行、どうでもいい話を、しに来たわけではないぞ。手早く済ませろ」

「それが」

忍が口籠った。

その間も私は歩き続けていて、社長室の前に立った。慌てて、伊達がドアを開けた。はじめにあるのは、秘書がいる部屋だ。それから、忍の部屋になる。

私は、ゆったりした革張りのソファに腰を降ろした。忍は、伊達を部屋から追い出した。

「客人がありまして」

忍は、私とむき合って腰を降ろし、ちょっとネクタイに手をやった。

「川中ではなくか？」

「はい。いま、部屋で休んで貰っています」

「それが、俺となんの関係がある？」

「会長が保護されている、野本精一と関係があります」

「誰だ？」

「沢村明敏という、ピアニストです」

「聞いた名だな」

「N市の『ブラディ・ドール』の専属ピアニストです。このホテルのバーでも、弾いてくれたことがあります」

「それで？」

「左の手首を、切り落とされているのですよ」

いやな予感があった。それが的中した、と思った。

「ピアニストの手首か」

「そうなんですよ」

「殺しに来たのか、野本を？」

「いえ、川中を止めるつもりのようです。手首が落ちたのを、つまらないことと言っていました。まだ繃帯をしたままでです」

「おまえは、どうしようというのだ、信行？」

「会長に話してみるしかない、と思ったのです」

「俺に話しても、なにも動かん。川中も、やろうとしていることを、やめたりはせんな」

忍がちょっと首を振り、胸のポケットから葉巻を一本抜くと、吸口を噛み千切った。

「有名な男だったな」

「異端の天才ですよ。モーツァルトを、ジャズふうに弾いてしまうような」

「おまえの話は、どこまでも気取りがとれんな。そいつを、呼べ」

「呼んで、どうするんですか？」

「ここへ来いと言ったのは、おまえだろう。気取った言葉を並べて俺に聞かせるために、そうしたのか?」

「わかりました。私が行って、呼んで来ます」

忍が、立ちあがった。あとには、葉巻の香りだけが残っていた。

しばらく待った。

忍に連れられて入ってきた男と眼が合った瞬間に、なぜか旧知の間柄のような気がした。それは不思議な感覚で、私はなくなってしまった手首を見るより、その男の眼を覗きこんだ。

「おう」

「どうも」

そう言って、沢村明敏は腰を降ろした。

「死んだようなもんだな、ピアノ弾き。片手がないんじゃな」

「これでも、結構弾けるんじゃないか、と私は思っているんですが」

「ピアノというのは、手で弾くもんだろう」

「違いますよ」

「そうか、違うのか」

手以外のなんで弾くか、沢村は言わなかった。言葉にできないもの。見えもしないもの。だから、人に言っても仕方のないもの。

「私は、聞える音がすべてだ、とは思っておりません」

「聞えないものに、意味はないと俺は思うがな」

「どうでもいいんですよ、とにかく」

「そう思っていないやつらばかりだぞ、実際には」

「川中さんを、止めたいのです」

「野本精一を殺すか、自分が死ぬまで、あいつはやめんさ。秋山安見という小娘も、近くまで来ている」

「やはり、安見も」

「みんな、野本が憎い。許せんと思っている。その野本を保護している俺も、憎まれているかもしれん」

「私は、礼を申し上げますよ。野本を保護してくださったことに」

「皮肉か？」

「本気です。信用していただけないのも、わかりますが」

微妙に、私は気圧(けお)されはじめていた。

「野本は、私が憎かったのでしょう。私は、ずっと自分の左手で、野本のトランペットを否定し続けたんですから。野本が、平凡なトランペッターではない分、傷ついていたはずなんです」

「なぜ、否定した？」

「私が、すべてを受け入れるほど、大きな人間ではなかったからですよ。特に、穢れているがすぐれているものを、認めようとしませんでした。野本が、そういう音しか出せないのを、知っていながらね」

「腐っていたのか、野本は？」

「いえ。穢れていても、すぐれたもの、と言った通りです。穢れた音が、音楽にならないなどというのは、掃いて捨てたくなるほどいくらでも世間に転がった、偽善です。その偽善で、私は野本を打ったのでしょう。すぐれていた分だけ、野本にはそれがわかった」

二人が、一緒に演奏しようとした、ということなのか。そして沢村の左手の出す音が、野本のトランペットを否定し続けたのか。

そんなことが、起きるものなのか。一緒に演奏するのを、やめればいいだけの話ではないのか。そう思いながら、決して二人はやめようとしなかったのだろう、という気もしていた。

「音で、人生のぶつかり合いがあった。それを、二人以外にわかっている者がいたか？」

「川中さんは、恐らく聴き取ったでしょう。ほかの、何人かも」

「こうなる前に、川中はなぜ止めなかった？」

「川中さんだけでなく、私も含めた誰もが、こんなことになるとは思っていなかったのです。私は、自分の感性に従って左手を使い続けた自分を、恥じていますよ。穢れているのも人間だ。いや、人間だからこそ、穢れている。そう思うことすら、できなかったんですから」

「わかるような気がする。野本のトランペットの音が、穢れているということがな。穢れていながら、同時にいい音だったということが」

「川中さんは、私たちのセッションに、途中から関心を示さなくなりましたが」

「舞台に立ったのか、二人で？」

「舞台というのですかね。ホテル・キーラーゴで企画した、ライブだったんです」

「なるほどな」

その企画に、秋山安見は関っていたのだろう、と私は思った。

それ以上のことは、なにもわからなかった。いや、ほんとうのことは、なにひとつわかっていないのかもしれない。

沢村明敏というピアニストの、左手首が切り落とされたということだけが、私が認識できる現実なのだ。

「セッションでは、お互いの音をさらに生かすことを目的にします。しかし、音が殺し合うことがある。偽善という音に殺された野本は、それが偽善なるがゆえに、我慢できなかったんでしょう」

思い出したように、忍が葉巻に火をつけ直した。

「余人にはわからないところで、沢村さんと野本は闘い、こういう結果になったということですか。野本は、音で闘おうとしなかったんですか？」

忍が言う。

沢村は、かすかに口もとに笑みを浮かべただけだった。

忍が、何度か葉巻の煙を吐いた。

香りが全身を包みこんできたが、私は喫いたいとは思わなかった。

忍が立ちあがり、キャビネットから、額装した写真を一枚持ってきて、テーブルに立てた。ホテル・カルタヘーナのバーで、ピアノを弾いている沢村明敏の写真だった。

「うちで沢村さんが弾いてくださった時、私が密かに撮ったものです。大変失礼だとは思いましたが、記念を残したい、と思いましてね」

「いいピアノでしたよ、あれは」

「いまも、調律を欠かしてはいません。ピアニストの腕は、沢村さんとは較べようもありませんが」

「調律は、音を調整するだけのものです。つまり、技術です。あのピアノは、ピアノそのものが、いい音を持っていましたよ」

「そんなピアノが、あるのか？」

　私は、思わず口を挟んだ。

「ありますよ。『ブラディ・ドール』に置いてある、古いアップライトも、実にいい音を持っています」

「ピアノは手で弾くんじゃないし、ピアノそのものがいい音を持っている。おまえは、そう言っているぞ」

「そう言っています」

「俺には、信じられんな」

「川中さんが、客が誰もいない時、店のピアノで『赤とんぼ』という童謡を弾くことがあります。技術はなく、鍵盤（けんばん）をただ指で押しているだけですが、実にいい音ですよ」

「誰が弾いてもそうだ、と言っているわけではなさそうだな」

「ピアノのよさを生かす、情念さえあれば。悲しみでも怒りでも、無論喜びでも。それが、指さきに伝わってさえいれば」

　川中の情念は悲しみだろう、と私は思った。あるいは、寂しさか。なにを語ったわけでもないが、そうだろうと私は感じる。

「いまでも、弾けると言ったな？」

「言いましたよ」

　私はモンテクリストの吸口を切り、くわえて火をつけた。

　電話が鳴った。私がポケットから携帯を出したので、忍がひどく驚いたような表情をした。

「秋山安見が、また街へ入ってきました。ひとりです」

　水村だった。

「身柄は、一応押さえてあります。その後の指示を」

「なにもせず、『てまり』へ連れて行け。しばらくして、俺も行く」

　わかりました、という声とともに、電話は切れた。

　私は、モンテクリストの煙を、一度吐いた。

「おまえのピアノを聴けるか、片手のピアノ弾き？」

「いいですよ。今夜にでも」

「よし。このホテルのバーだ。八時すぎには、俺は来ることにする」

　どこへ、と言いかける忍に、私は眼をくれた。忍は、横をむいた。

　社長室を出ると、ホテルにつけているタクシーに乗った。『てまり』まで、数分しかかからなかった。

　店の奥に、水村と安見はすでに来ていた。まだ五時を回ったところだが、宇津木は出ていた。店が閉っている可能性もあったのだと、グラスを磨いている宇津木を見て、私ははじめて気がついた。

いまさら、世間知らずを改めようとは、思っていない。

「会長、あたしを拘束することが、法に反すると気づいていないんですか？」

安見が、私を睨みつけて言った。

「俺には、俺の法があるだけだ」

「そんな傲慢な」

「大抵の場合、俺の法と世間の法に、大きなずれはない。おまえをひっ捕まえるのが、世間の法に反していたとして、それがなんだ。おまえを、人殺しにするよりはましだろう」

「こんなものを」

水村が、テーブルに小型のオートマチック拳銃を置いた。

「安見さんは、俺に突きつけました。安全弁が降りたままでしたが」

私はその拳銃を、黙ってオイルスキンのポケットに入れた。

「おまえは、野本精一を殺したいだけなのか。それとも、そうすることで、川中が殺人者になるのも止めようとしているのか？」

「殺せば、止められます」

「おまえが出しゃばることで、周囲がふり回され、結果として川中だけが死ぬことになったら？」

「そんなことにならないために、ピストルも手に入れたんです」

「扱いも知らん拳銃を持っていると、さらに厄介なだけだ」

「安全弁は」

「やめろ」

とっさに使えなかったのは、扱った経験がないからだ。馴(な)れていれば、無意識に安全弁は解除する。

「それほど、責任を感じているのか、ピアニストの手首に」

「当たり前でしょう。命を奪うよりひどいことだった、とあたしは思ってます」

「しかし、おまえがそんなことをするのを、沢村はひどく迷惑そうだった。川中にも、野本を殺させたくないと思っている」

「会ったんですか?」

「この街に、来ている」

それから私は、カウンターの方へ顔をむけた。

「おい、『筐』という店に、電話をしろ。出たら、俺と代れ」

宇津木に、そう言った。しばらくして、宇津木は黙ってコードレスの電話を差し出してきた。

「八時に、笛を持って、ホテル・カルタヘーナのバーへ来い」

「会長だったんですか」

「遅れるな。八時だ、山之内」

電話を切った。

「山名のホテルに電話をして、夕食を三人分と言っておけ。おまえも、安見も、あのホテルに部屋をとれ」

水村に言った。水村は黙って立ちあがり、カウンターの方へ行った。

「沢村が、ピアノを弾く」

「嘘(うそ)」

「ピアノは、手で弾くものではないそうだ」

「そんな」

「一緒に聴くぞ、安見。それを聴いても、まだ殺したければ、野本精一じゃなく、沢村を殺せ」

「なぜ、沢村先生を？」

「ピアニストとしては死んだ、と思っているんだろう。なら、ほんとうに殺してやれ。安全弁は、俺が解除してやる」

「ほんとうに、沢村先生は、ピアノを弾くんですか？」

「本人は、そう言った。和笛の奏者も、呼んである。ジャム・セッションができるかもしれんな」

「信じられません」

「まあ、八時まで、俺に時間を寄越せ」

「一方的ですね、ほんとに。力をお持ちだから、始末が悪いと思います」

「ホテルも山名というところにしろ。五部屋しかない。小さなホテルだ」

「監禁ですか？」

「おまえの、気持次第だ」

喫いかけのまま持っていたモンテクリストに、私は火をつけた。

「なぜ、野本精一を庇うんですか？」

「やりかけたことだからだ」

「それだけ？」

「ほかに、どんな理由が必要だ？」

「野本精一がやったことを、知っていてそうしているんですか？」

「さっき、知った」

「それでも？」

「なんの関係もないな。やりかけたことは、終える。そうやって、生きてきた」

「ひどい終り方をしかねない、とは思われないんですか？」

「これまで、数えきれないほど、ひどい終り方に立会うことになったさ」

安見の眼が、私を見つめてきた。強い光を放っている。気持のしっかりした娘だ。いや娘でなく、女と言うべきなのか。

水村が戻ってきた。

「行こうか、おまえを監禁するホテルへ」

安見が、ちょっと笑った。こういう言葉に反応する余裕は、失っていないらしい。

「ホテル・キーラーゴのライブは、それなりのものだったのだろうな」

「どうして、そう思われます？」

「あんなことが起きるまで、音と音の闘いがあったのだろうが」

「そうですね」

外へ出た。水村が、タクシーを捜しに行った。

「沢村先生の手、切り落とされたんじゃないんです。スパナで、滅多打ちにされていたんです。あたしが見つけた時、ほとんど手のかたちをしていませんでした。桜内（さくらうち）というドクターが見たのですが、それでも切断することを躊躇（ちゅうちょ）していました」

放置すれば、腐るしかない状態だったのだろう。叩き潰したということに、切り落としたというより、もっと激しい感情の動きを、私は感じた。

水村が、タクシーを導くようにして、走ってきた。

15　欠落

　ホテル・カルタヘーナのバーには、数人の客がいるだけで、ピアノのそばのボックスには、沢村と忍と、どういうわけか群秋生が座っていた。

「山之内を怒らないでくださいよ、会長。会長から電話があった時、俺は『笙』のカウンターにいましてね。和笛の歴史などを、営業時間の前に訊いていたんです」

「それで、ここで張っていたか」

「手首のない沢村明敏氏に会うなどとは、考えてもいませんでしたよ」

「おまけに、その沢村が弾くピアノが聴ける」

「運のいい男なんですよ、俺は。まあ、こういうことに関してだけですが」

　安見は沢村に、いくらか悲しげな視線を投げかけただけだった。

　私が腰を降ろすと、忍はボーイにコニャックを持ってこさせた。

「俺はウイスキーだ、信行。それも、アイラ島の、匂いの強いやつ」

「ラガブリンの二十五年。それでいい。ついでに、俺も」

　群秋生が言った。忍は、正統的なスコッチしか好まない。乗っている車も、ブリティッシュグリーンのベントレーだというが、私は見たことがなかった。

ボトルごと、ラガブリンが運ばれてきた。

「私も、一杯」

沢村が言った。

「ソルティ・ドッグじゃないのか、沢村さん？」

「奢（おご）られる時は、いつもそうだった。左手で飲んでいたのでね」

沢村の言葉に反応したのは、群だけだった。

「次からは、アイラモルトを奢ればいいか？」

「いや、ピアノを弾いたら、私は飲まないと思う」

「弾けるんですか、ほんとに？」

安見が、押し殺した声で言った。

「弾いてみなければ、わからんが」

それから、座はしんとした。ほかの席の、客の話し声が、途切れ途切れに聞えてくるだけだ。

八時ぴったりに、山之内が現われた。

引き合せると、沢村は山之内祥という名を知っていた。山之内も、沢村明敏を知っていた。

手首から先のない左手を見て、山之内は驚いた表情をしたが、なにも言わなかった。

「おい、ピアノ弾き。俺は、まだ信じられん。ピアノは手で弾くものだというのが、普通の感覚だろう？」

「当たり前のことで、感覚などという言葉を、使う必要もないぐらいですね」

「それが弾けるというのは、手品か？」

「いいえ、ただ弾くだけですよ」

　わからなかったが、これ以上沢村に絡むのも、面倒だった。

「俺は、沢村明敏の演奏に、きわめて深い関心を持っています」

　群秋生が、おかしな口調で言った。誰に話しかけている、というわけでもないらしい。

「聞えない音を、聞かせようというのだから、これは小説で言うと、行間ということになるのかな。ただ、中途半端な行間であるとは、言わざるを得ない。なぜなら、もともとあるべき文章がないのと同じだろう、と思えるからです。それを解決するための方法など、あるわけはない。つまり今夜は、音以上の音を、言葉では説明できないものを、聴けるかもしれない、ということでもある」

「よしてくれ」

　忍が言った。

「わけのわからないことを並べられると、すべてが音楽だ、という気になってしまう。沈黙でさえも」

曲が曲にならなかった場合のことを考えて、群はそう言っているのだろう、と私は思った。思いやりのようなものだ。

しかし、沢村に思いやりなど必要ない。曲にならなければ、それだけのことというわけだ。

沢村が、ラガブリンを口に放りこむと、腰をあげた。

片手のピアニストが弾くと気づいたのか、そのピアニストが沢村明敏であるということがわかったのか、バーの中は水を打ったようになった。

沢村は、気負った様子もなくピアノの前に腰を降ろし、しばらく鍵盤を見つめていた。

不意に、沢村の両手が持ちあがった。

音が、ピアノから流れ出してくる。左腕も、弾いているように、動いていた。曲名はわからないが、聴き憶えのある曲だ。私は、閉じたくなる眼を開いて、じっと鍵盤の上を見つめていた。右の指の音。それは聞えている。左の指の音。それは当然、抜け落ちている。聞えない。しかし、聞える。

知らず、私は聴き入り、かすかに躰を動かしていた。不意に、名状し難い感情が、私を包みこんできた。

自分の人生で、失ったもの。失って、取り戻せないと、諦めてしまったもの。いまも、失い続けているもの。それが次々に、脳裡に浮かんでは消える。

ピアノの音で失われているものが、なぜか私が人生で失ったものを、呼び起こす。それは、ただ呼び起こす。拒もうとしても、しっかりと脳裡に浮かんでくるのだ。

曲が終った時、私は自分が涙ぐみそうになっていることに気づいた。

鍵盤を見つめて座っている、沢村の姿が見えた。それは、ピアノになにか語りかけているように見えた。

やめてくれ、と言う前に、沢村は二曲目を弾きはじめていた。

失われた音。聞えない音。それでも、曲を聴いていた。失われた音を、人生で失ったものが、なぜか補う。音は、高く低く、胸の中に響き、否応なく心を揺さぶる。

私は、眼を閉じていた。もう、感情を抑えようとはしなかった。私は、過去に身を委ねたのだろう。心地よい苦さが、くり返しこみあげてくる。涙も、流れていた。

駆逐艦が、戦速で動きはじめる。敵の魚雷を回避しているのか。私は、医務室で、じっと座っていた。まだ、負傷者は運びこまれていない。砲撃。爆雷。艦が揺れる。頭上の明りが、明滅する。負傷者。ひとりが二人になり、五人になり、十人になる。死者までが、運びこまれてくる。めまぐるしく方向を変える艦の中で、心も揺れる。諦めから恐怖へ揺れ、恐怖から絶望に捻り戻し、束の間、かすかな希望が顔を覗かせる。

呻き、叫び、泣き声。血にまみれた指さきが、そういうものも忘れさせる。

命。ひとつ消え、二つ消える。自分の命は、まだあるのか。浅ましく、生き続けているのか。

唐突に、すべてが終った。静寂があり、静止がある。私は、ゆっくりと眼を開いた。眼尻から流れ落ちている涙を、拳で拭う。

そばにいる安見が、泣いていた。群は下をむき、忍は逆に顔を仰向けにしている。

「沢村さん」

山之内の声がした。

「次の曲に、私が入っても構わないでしょうか?」

「歓迎だよ。好きなところで、入ってくれ」

三曲目が、はじまった。軽快な曲だ。すぐに、和笛の音色が入りこんだ。それで、全体が切迫した感じになった。心の底まで、揺さぶられることはない。代りに、聴き入ることはできた。はじめ鋭かった和笛の音色が、次第にやわらかなものに変っていくのがわかった。気持は、むしろ平静と言っていい。

拍手が聞えた。群秋生だった。曲が終っている。

沢村が立ちあがると、私はほっとした。

「ラガブリンを一杯、いただけますか?」

沢村が言い、忍が素速く注いだ。

「聴いたよ。確かに、俺は曲を聴いた」

「それは、久納さんが、心の中になにかを持っておられたからだろう、と思います。それが私のピアノに触発されて、音として聞えたのだろう、と思いますね」

「音が出た、と言ってもいいのではないのかな」

「私は私で、かつて持っていて、いまは失ってしまった音を、取り戻しかけているのかもしれませんよ」

「ピアノひとつをとっても、人間というのは不思議なものだな」

「そうですね。ほんとうに不思議だと、自分でも思いますよ。左手をなくして、与えられたものがあると、はっきり感じられるんですから」

沢村が、グラスに残ったウイスキーを飲み干した。私は、モンテクリストに火をつけ、ちょっと山之内に眼をやった。

和笛を握りしめた山之内は、沢村を見つめている。

「一曲、吹いても構いませんか、沢村さん？」

「ソロで、聴きたいですね、ぜひ」

山之内が、ピアノのそばに立った。

しばらく眼を閉じていて、それからおもむろに笛を唇に当てた。

静かな、曲調だった。はじめ、いくらか硬さが感じられたが、すぐにそれは穏やかさの中に溶けこみ、流れ、心地よさだけが残った。私は眼を閉じ、何度かモンテクリストの煙を吐いた。

「失礼しました」

終ると、山之内は沢村に頭を下げた。

「いや、思わず拍手しそうになりました。こういう時、左手がないのは不便だな」

山之内も椅子に座り、ラガブリンを一度翳して、口に運んだ。

「私は、こうなんです。つまらないことは、もうやめませんか」

沢村が、私を見て言った。

「絶対にやめない、という人間が二人いる」

「久納さんと、そして川中さんですか」

「理由もないが、やめもしない」

沢村が、かすかに首を振った。

「生きていることそのものが、無駄なのだ、人間は」

呟く(つぶや)ように、群が言う。

「そこまで言ってしまうと、小説が成立する余地などなくなるがね」

「おまえの小説は、成立しているではないか、群」

「俺の小説にあるのは、絶望だけですか、久納さん？」

「希望がないことを、思い知らされる。そういう小説と言った方がいいのかな」

「ひどい論調ですな。久納さんがもの書きだったら、俺はどこかで論争を仕掛けますよ」

「まず、やらんな」

私の言葉に、忍が笑い声をあげた。

「群先生の御著作は、私も読ませていただいています。確かに、希望がないとは思います。しかし、読みたくなる。年に一度ぐらい、無性に読みたくなるんですよ。本の中に、自分の絶望を吐き出しているのかもしれません」

「だから俺は、年に一冊しか書かんのだよ、山之内君」

ようやく、会話が自然に流れるようになった。沢村が和笛について質問し、山之内が真面目に答えている。

群と忍が、楽器について語りはじめた。それがただの道具なのか、それとも命を持ったものなのか、冗談を交えながら、議論している。

「いつか、沢村さんと、セッションができればいい、と私は思います。もっと、腕をあげなければならないでしょうが」

「今夜、私はセッションをしたつもりです」

「稽古をつけていただいた。そんなところではないでしょうか」

「これからも、機会さえあれば、やりたいと思います。今夜は、いいセッションだった。忘れられませんよ」

話がつまらなくなったので、私はラガブリンを飲み干した。それから、腰をあげる。

「お帰りですか？」

「寝酒が、飲みたくなった」

「ここで飲まれればいいのに。帰るのが億劫（おっくう）になられたら、部屋を用意します」

「俺が、ここを嫌いだということを、忘れたのか、信行」

「忘れるわけはありません。しかし、たまには泊ってみられても」

「もっと、居心地のいいホテルがある」

水村がすでに立ちあがり、入口のところで待っていた。安見も立ちあがっている。

「ところで久納さん、午過（ひるす）ぎに、川中さんから電話がありましてね」

私は、言った群秋生に眼をくれた。

「船を貸してくれと言うので、『レッド・デビル』を貸すことにしました。いまごろ、船の上かもしれません」

「わかった」

「川中さんにも、今夜のピアノ、聴かせてみたかったですね」

「いや、聴いたら、自分を責めたかもしれんからな」

「自分を責めるとは、どういうことです」

「早く、沢村の左手を切り落としておくべきだったとな」

群は、ちょっと肩を竦めた。沢村と山之内が立ちあがって頭を下げ、忍は先導するようにバーを出ていった。

水村が、玄関の車寄せに、ワゴン車を回してきた。来る時はホテル山名からタクシーだったから、誰かに持ってこさせたのかもしれない。

「なにが起きているか、ほぼ把握したと思います、会長」

「だから?」

「私にできるのは」

「なにも、するな」

忍に眼をくれ、私はワゴン車に乗りこんだ。安見も、そばに乗りこんでいる。

「あたしも、なにもしないことにします」

車が動きはじめると、安見が言った。

沢村は、ピアノを弾くことで、安見を止めた。心の中に、あの演奏と呼応するなにかを、持っていたということだ。

「でも、この街にいさせてください」

「あのホテルにいろ。それから多分S市にいるのだろうが、おまえが連れてきた人間は、N市に帰らせろ」

「わかりました」

「穢すなよ、沢村明敏の音を」

安見は、かすかに頷いたようだった。

「重夫、『ラ・メール』を、沖に回しておけ。いつでもテンダーに乗れるようにな」

「はい」

群秋生の『レッド・デビル』は、バートラム37だった。高性能艇だが、船齢は古い。名は知らないが、若月のブラックウォッチ38も、性能では劣らないだろう。そして、新艇だった。

もし、川中が海上で勝負を仕掛けるなら、海が時化た時だろう。二人とも、操船はうまい。

しかし、海上で結着がつくかどうかも、難しいところだった。

「沢村先生は、なんとか川中さんを止めようと思って、この街まで来て、ピアノを弾かれたのだと思います」

「川中は、歩きはじめたら、曲がれる男ではない。まして、停ることなどできん。それが、あの男の生き方だ」

「そうですね。あたしも、そう思いはじめました。でも、川中さんを止める方法は、どこかにあると思っています」

「ないな。俺を止める方法がないように、川中を止める方法もない」

「久納さんも、生き方ですか?」

「俺の場合は、死に方だな」

「男って、ほんとうにいやです」

「おまえがこの街に乗りこんできた。それは、男の行動以外のものではなかった」

「小さいころから、まわりは、いやになるぐらい、男ばかりいましたから。あたしの父も、川中さんに似ていたと思いますし」

「ここはな、俺と川中だけにしておけ。それ以外に、やりようはない」

「あたしは、眼をそらしませんよ」

水村は、黙々と運転していた。

車が、ホテル山名に着いた。

カーディガン姿の山名が、出迎えた。

部屋に上がる前に、三人で寝酒にマールを飲る。おまえも、付き合え」

「今日作った燻製は、まだ寝かしておいた方がいいのですがね」

山名が厨房に消え、蛸をスライスしたものを、皿に載せてきた。

ブランデーグラスを、四つ出す。

「蛸も、燻製にするのか?」

「結構、一般的にやりますよ。籠を沈めていると、時々入るのです」

マールは、見たことのないボトルだった。かすかに、色がついているから、熟成させたものなのだろう。

私は、蛸のスライスに手をのばした。

生の蛸を燻したのではないかと思うほど、やわらかかった。安見も水村も、燻製よりマールに手をのばした。

「十秒、茹でるだけです。あとは、燻して仕上げるのですよ」

チェイサーの炭酸水を作りながら、山名が言った。

「普通の茹蛸は？」

「まあ、二十分から三十分ですかね」

私は、もうひとつ口に入れた。歯ごたえは、貝という感じがある。しかし、強く蛸の味もする。

どんなものでも燻製は可能で、憑かれたように煙で燻し続けた時期が、山名にはあったに違いない。公害防止の研究が、多分、そのまま燻製の研究に変ったということなのだ。まずくて口にできないようなものも、ずいぶん作っただろう。

「おいしいです、これ。それに、すぐに嚙み切れるし。このホテル、料理も凝っておられるんですね。夕食のタンシチューも、とってもおいしかった」

安見は、のばしてもいなければ、マニキュアも施していない爪先で、二切れ目の蛸をつまんだ。

「水村さんも、どうぞ。これ、好きだったでしょう。自慢できる、仕上がりなんですよ」

水村が、ちょっと頭を下げ、ひとつ口に入れた。

私は、このホテルに泊ることで、密かな水村の愉しみを、台無しにしてしまったのかもしれない。燻製の話など、これまで水村から聞かされたことはないのだ。

安見はもう、野本精一の話も、沢村や川中の話もしなかった。マールのラベルを見て、メモをとったりしている。ホテル・キーラーゴのバーに、置こうとでも考えているのかもしれない。

三杯目で、安見が立ちあがった。

「預かっておく」

私は、そばのオイルスキンを指して、そう言った。

「捨ててください」

安見はそう言い、頭を下げて二階へ上がっていった。水村も、三杯目を飲み干すと、腰をあげた。

「四杯目は、年寄り同士で飲むか」

「同じ歳にされるのには抵抗がありますが、四杯目は、賛成です」

表情も変えず、山名は二つのグラスにマールを注いだ。

16　波濤（はとう）

海は荒れている。

いまのところ静かだが、私の観天望気（かんてんぼうき）では、寒冷前線が近づいているはずだった。

朝起きて、窓から外を見ながら、そう思った。

まだ、冬の気圧配置になっていない。春秋型の、変りやすい天気図のはずだ。大抵は西から、変化はやってくる。

気象ファックスなどというものがあって、船でなら直近の天気図を、なんの苦労もなく見ることができる。風力や風向の予測なども、御丁寧に添えられているのだが、私は観天望気という、昔からのやり方が好きだった。

海は生きているから、機械ではなく、生きている眼（め）で、それを見たい。

下の食堂に降りていくと、水村はすでに席にいた。私を見て立ちあがり、椅子（いす）を引く。

「船長から、荒れそうだと言ってきています」

「近くにいるか？」

「はい。この沖合、十二マイルに」

「そこで待機だ」

「テンダー代りに、若月の会社の船を使えるようにしておきました。二十八フィートあって、少々荒れても大丈夫だと思います」

「わかった」

山名が、焼いた鯖を持ってきた。毎朝、燻製というのも、芸がないと考えたのかもしれない。塩と酢で締めた鯖で、余分な水分が抜けている。

焼けば、余分な水分が蒸発すると考えるのは、大きな間違いだった。水分と同時に、ほかのものも抜け、身がぱさつくのだ。

「締め鯖は、家内の手でしてね。焼くのではなく、そのままの切り身を、今度、召しあがってください」

「山葵で、食うのか?」

「いえ、芥子醤油で。あるいは、柚胡椒で。不思議に、山葵よりも合います」

「同じだ。俺も、そうする」

「賢明、とは申しあげません、水村さん。山葵で食する、正統的なやり方というのはあるのですから。舌の好みが一致している。そういうことでしょうか」

「ぜひ、奥さんの締め鯖を食ってみたいな。それも、何日か寝かせたものがいい」

「家内も私も、それが好みです。血が完全に抜けている、というのが条件ですが」

「すべての料理の条件だ、それは。魚であろうと、肉であろうと」

山名が、穏やかな笑みを口もとに浮かべ、頷いた。

安見が、降りてきた。

「あたし、会長のそばにいてもいいですか？」

「俺は、片方の当事者とも言っていい。野次馬は、邪魔だ」

「川中のおじさまと、若月さん。この二人が、当事者だと思います。会長も、言ってみれば野次馬でしょう？」

私は、笑い出した。確かに、川中と若月の勝負ということで見れば、私は野次馬に近いかもしれない。

「よかろう。では、そばにいろ。ただし、無駄口は利くな」

「口があって、喋る。それが人ですわ」

「口を閉ざしている。それも人だ」

「あまり、言葉を信用されていないんですね」

「そういうのを、無駄口というのだ」

「わかりました。あたしが必要だと感じたことしか、喋りません」

「俺が必要と感じたら、質問をする。その時に、喋るだけでいい」

「はい」

「ほんとうに、わかったのか？」

「努力はします」

鯖を運んできた山名が、おかしそうに笑った。

「俺を、てこずらせるなよ」

「会長を困らせることができる女なら、それなりだと思うんですが」

「もういい」

「海、荒れますわね」

「わかるのか？」

「空を見たら、一時間後の海がわかる。風景でもいいんです。見えていた山が、見えなくなるとか。そういう観察のことを、船じゃなんとか言うんじゃありません？」

「観天望気」

「川中のおじさまも、得意なんですよ、それ」

「安見、早く食え」

「若い娘だからって、いい気になりすぎですよね、あたし」

「こわいのか？」

私が言うと、安見はなにも答えず、ただうつむいた。

「なにが起きるか考えると、俺もこわい」

安見が、私を見つめてくる。

「川中という男だけは、俺はよくわかるのに、測りきれない。気づいていない自分自身を、見るような気がする」

「はい」

「早く、食え。川中も、そして若月も、荒れた海が好きだぞ」

海に出る、という確信があるわけではなかった。そういう気がしているだけだ。

私は窓際の席に移って、葉巻に火をつけた。

まだ風も吹いていないようで、水鳥の群れが海面を漂っている。

なにかが、熟してきている。人の思いのようなものが、煮詰って、亀裂でも走りそうな感じになっている。

急に風が吹きはじめるように、はじまるだろう。

「いまのところ、『レッド・デビル』も『カリーナ』も、その所在はわかりません」

水村が、そばに来て小声で言った。『カリーナ』というのが、若月のブラックウォッチなのだろう。

私は、コーヒーを飲みながら、葉巻を喫い続けた。

水村の電話が鳴った。

「レーダーが、船影を捉えたそうです。どちらの船かわかりませんが、沖にむかっているそうです」

これから沖にむかう漁船など、いるわけがなかった。プレジャーボートなら、二人のうちのどちらかか、あるいはよほど海を知らない素人だろう。

「よし、行こう。タクシーを呼べ」

水村が、立ちあがった。安見は、いつでも出かけられるように、靴もきちんと履いていた。

タクシーが来ると、私はオイルスキンを着こんで、喫いかけの葉巻をチューブに入れた。

マリーナにむかった。

すでに連絡してあったのか、二十八フィートのボートは、エンジンをかけていた。

「おい、小僧。名前は？」

「野中(のなか)です」

「若月の手下か？」

「はい、社員です」

「帰りは、時化(しけ)るかもしれんが、追い波だろう」

「わかっています。大丈夫ですから」

私たちが船に乗ると、野中はすぐに舫(もや)いを解いた。

船内外機の軽快な船だった。

風が吹き、波が立ちはじめている。そう思って五分もしないうちに、かなりの時化になってきた。波に持ちあげられては、水飛沫をあげながら落ちる。

五マイルほど走ったところで、『ラ・メール』の姿が見えてきた。

船影はすぐに近づいてきて、その船体で波を遮る位置をとった。

舷側のタラップに、安見がとりついた。

「帰りは、水を浴びるな、小僧」

「馴れています。追い波の打ちこみだけ避けて、慎重に戻ります」

私は頷き、タラップに移った。

戻っていくボートを、私は『ラ・メール』の甲板から見送った。

停止している『ラ・メール』は、ゆるやかに揺れている。

船橋に昇った。

「スロー・アヘッド。ハード・スターボード」

船長が号令をかける。推力が加わると、不安定な揺れはなくなった。

舳先がゆっくりと右に回り、風にむかって航行をはじめた。

私は、レーダーの画面を眺めた。十マイル以上西の沖に、船影がひとつある。岸から真っ直ぐに、もうひとつの船影がそれにむかっている。

間違いなく、若月と川中だ。安見が、画面を見つめて、大きく息をつく。

「やつらにとっては、つらい時化だろうな。それでも、かなり速度を上げている」

カーソルを船影に合わせると、速度が出る。どれぐらいで追いつけるか、という時間も出る。しかし、救助にむかっている、というわけではないのだ。

「まあ、はじめは度胸較べだろう」

二艘は、接近しつつあった。

ほかに、船影はない。それは見事なほどで、予測されている時化は、かなり大きなものなのだろう。『ラ・メール』も、いくらか揺れはじめていた。

「寒冷前線に沿って走る、ということになりそうですが」

「構わん」

「荒天準備は、終っています」

船長は、時化をこわがるようなタイプではない。その分、制御は必要だった。

「三十フィートや四十フィートでは、そろそろ地獄ということになりますが」

「仕方なかろう。好んで、沖へ出ているのだからな」

船長は、ちょっと肩を竦めた。

この男は機関停止した三十フィートの艇で、七日間漂流した、という経験を持っている。セイリングヨットの漂流より、プレジャーボートの漂流はずっと危険だ。かなりの強風の中だったので、転覆しなかったのは、奇跡に近い。

舳先から、船内の椅子などを縛りつけたロープを流し、風にむかって船を立たせていたのだという。

時化に遭うと、人の姿がよく見える。臆病でも、冷静な判断ができればいいし、大胆でも、無謀だと命とりになる。

この船長は、無謀なところはあるが、自分の役割りを考えて動き、それから大きくはずれることはない。だから、役割りを与えてやればいいのだ。

「この二艘に、付かず離れずだ。ブラックウォッチとバートラムで、ともに艇の性能はいい」

「どこまで、近づきますか？」

「二マイル」

「わかりました。二マイルまで近づき、あとは二艘の周囲を大きく回ります」

二艘の間隔が、四マイルほどになっていた。川中は、かなり無茶な走り方をしている。十五、六ノットは出しているのではないのか。若月は、十ノットというところだろう。

静かな海なら、ともに三十ノットオーバーの性能を持っている。

私は、シートに腰を降ろした。もうひとつのシートには、安見がいた。船長は、前部の窓の前に立っていた。『ラ・メール』の舵をめまぐるしく動かさなければならない、というほどではないから、操舵手は舵輪を握ってじっと指示を待っているだけだ。

私は、双眼鏡を眼に当てた。

白く泡立つような、波濤が見えた。バートラムが視界に入ってくるのはほんの一瞬で、ほとんど波間に隠れている。ただ、レーダーの画面から消える、ということはない。マスト上部のレーダーは、船橋より十メートル近く高いのだ。

船橋には椅子が三つ並んでいるが、船長は腰を降ろさない。波の谷間に、舳先が突っこんでは、持ちあげられる。

百四十フィート、三百トンの『ラ・メール』には、まだ充分な余力がある。それでも、飛沫はしばしば襲ってきて、フロントウインドのワイパーは、頻繁に動いていた。

「波高、四メートルから五メートルというところです」

四メートルというのは基準水面からで、谷間はその下にあるから、波の高低差は七メートル前後というところか。三、四十フィートの船なら、前方の視界はほとんど遮られているだろう。

台風ではなかった。寒冷前線の波なら、この程度のものだ。波のピッチを三つか四つ跨いだ恰好なので、『ラ・メール』が揉みこまれることはない。これが台風になると、百メートルぐらいの間隔で巨大な波が来て、それには翻弄される。

「無茶な走り方をしている、と思うか？」

「出航することそのものが、無茶ですから」

「荒天航行としてだ」

「それなら、両船とも適正な範囲のスピードだろう、と思います。ある程度の推力を持っていた方が、船体は安定しますし」

私の考えも、同じだった。というより、川中の十六ノットは、上限で、若月の十ノットは、下限と言っていい。接近すれば、その間のスピードで、やり合うということになる。

しかし、なにをやり合うというのだ。接舷など不可能で、波に揉みこまれながら、お互いを眺めている、というだけのことではないのか。

ただ、死ぬ気なら、ぶっつけられる。この時化の中での船体の損傷は、沈没を意味しているのだ。

川中が、死ぬ気なのかどうかは、わからない。若月と野本精一を、恐怖の中に追いこんでいる、とも考えられる。特に野本は、自分ではどうしようもない、理不尽な恐怖の中にいるはずだ。

「会長、この海に漂う人間を、拾いあげることはできますか?」

安見が、こちらを見て言った。

「運任せです。無理と考えていた方がいい、と思います。ライフラクトなどの投下は、できますが」

船長が、代りに答えている。

「近づいて、ロープを投げるなどということは、できないのですね」

「無駄なことでしょう。ロープを投げるのは、ペラに巻く危険にたえず晒される、ということになります。私は、賛成できません」

「まだ、海を漂っているわけではない」

双眼鏡を眼から離して、私は言った。

「若月も、野本を海に放りこむような真似は、しないだろう」

「海に放りこむなんて」

「こうやって時化の中に出てきているというのは、放りこんでいるのに近いがな」

「なんのためにです？」

「神経戦だな。俺は、そう見ている」

野本が耐えられなくなり、若月のもとからも逃げ出そうとする。そういうことは、あり得ないわけではない。

若月は、川中の攻撃の防御を考えると同時に、野本を逃がさないようにしなければならない。一見、無茶にしか見えない川中の行為も、周到な計算が根底にあるのだと、私は感じていた。

同時に、若月には若月の考えがあって、時化の海に出たのだろう。若月は、野本が絶対に逃げられない状況の中で、川中との結着を考えているのかもしれない。

「接近しました。会長」

船長が、レーダーの画面を見て言った。

二つの船影が、並走しはじめている。双方の距離がどの程度なのかは、レーダーだけでは測りきれない。二つの光点は、時々重なったようにも見えるのだ。

二マイル。時化の中で、双眼鏡では、瞬間的に船影を捉えられるだけだ。ツナタワーがある方が川中のバートラム。それぐらいの見分け方しかできなかった。

「このままでは、沖ノ瀬に入ります」

船長の声は、冷静だった。

このあたりの海域で、最も難所とされているところである。海流がぶつかり合い、ふだんでも三角波が立っている。

こういう時化の日は、波高六、七メートルはあるだろう。しかも、波の方向が一定ではないのだ。

水村が、船橋(ブリッジ)に昇ってきた。

「本気で、沖ノ瀬に入る気なのでしょうか？」

「どんな時化でも、若月には乗り切る自信がある、ということかな」

川中を、沖ノ瀬に引っ張りこむ。そこで川中が操船を誤まれば、つまるところ結着はつくということだ。

普通のプレジャーボートなら、簡単に転覆する波だ。ヨットのように重いキールが付いているわけではないので、転覆は沈没を意味していた。

四十フィート弱の船で、自分はここを乗り切れるだろうか、と私は考えた。長年、本船扱いの、大きな船に乗ってきた。沖ノ瀬も、『ラ・メール』なら乗り切れる。やってみなければわからないことは、いくらでもある。若月や川中も、沖ノ瀬に入ってみなければわからない、と肚を決めているのかもしれない。

「こんなことに、なにか意味があるんですか、会長。若月さんも川中のおじさまも、乗っている船は小さいんでしょう？」

「この先にある難所を、乗り切れるかどうか、きわどいところだ、安見」

船長が、口を開きかけ、結局、眼を前に戻した。運次第、と言おうとしたように、私には思えた。

「それに、意味があるんですか？」

「ない」

「ないって、そんな」

「すべてに、意味があるなどとは思うな。人が生きていることに、意味はない。群秋生は、小説でそればかり書いているぞ」

「いま、小説の話をしているわけではありません」

「どれだけ恋愛をしても、うまくいかないタイプだな、おまえは。なんにでも意味を見つけようとすることが、どれほど不毛か、わからんのか」

「わかりません」

「まあいい。とにかく、椅子から振り落とされないようにしていろ」

「あたしは」

「無駄口は利くな、と言っておいたはずだ」

「あたしは、野本以外の人間が死ぬことに、どうしても納得がいかないんです」

「しかし、やめん。川中がやめんかぎり、俺もやめん」

「会長がおやめにならないかぎり、川中のおじさまもやめません」

船が、大きく揺れはじめた。

「沖ノ瀬に、入りました」

船長が言う。二艘との距離はずっと詰まっているはずだが、レーダーでさえ、時々船影を捉え損っている。

「さすがに、すごい波だ。いつここを通っても、時化の時は避けたいと思う」

「あれ」

安見が、前方を指さして叫んだ。

ツナタワーを立てた船体が、波の山の頂上に姿を現わし、それから消えた。

小さな浮遊物が、波に揉まれていた。というふうにしか見えなかった。

「波高は、七、八メートルですが、時に十メートルに達する波がある、と思います。さっきは、その波に持ちあげられたのでしょう。本船も、気は抜けません」

「それは、おまえの仕事だ。二艘から、離れないようにしろ」

船長は、中央の椅子に腰を降ろし、自分で舵輪を握った。船橋（ブリッジ）に舵輪は二つあり、後方の操舵手（そうだしゅ）のものでなく、中央の椅子でも扱えるのだ。機関の出力を増減するレバーも、そこにある。

「非常に、レーダーに映りにくくなっています。ブラックウォッチの方はレフレクターを付けていますが、バートラムにはないようです。ただ、ツナタワーがありますので」

「あまり近づくなよ。波の山の頂上で、衝突ということにもなりかねん」

「はい」

また、波の山の頂上に、バートラムが姿を現わした。

「若月は、沖ノ瀬をよく知っています。低い波の間を縫って、進んでいるのではないでしょうか」

私のそばに立った水村が、小声で言った。

海底の形状が波を高くしているところもあるから、それを知っていれば、極端に高い波は、ある程度避けられる。

川中の方は、避けきれなくて、船体を傾けないために、高い波の斜面を、真っ直ぐに登っているのだろう。まさに、登るという感じで、頂上からは急降下する。

私は、椅子のアームレストにしっかり手をかけていた。揺れが、激しくなっている。時々、船橋(ブリッジ)が波で洗われ、まったく視界がなくなった。

こういう時は、機関の出力が大事になる。それはこの船や、ほかの二艘にも問題はないだろう。

沖ノ瀬を避けるのに、あと二マイル。そこを抜けると、姫島は眼と鼻の先になる。

「川中さんは、かなり強引です。もっとも、この波の中では、強引な方がいいのかもしれませんが」

「重夫、若月は姫島へ行くつもりなのだと思うぞ」

「そうですか」

「川中が、沖ノ瀬を抜けきれるかどうかだ」

若月は、寒冷前線が来るのを、待ち続けていたのだろう。そこが勝負どころだ、と考え抜いて出した結論に違いなかった。

川中は、こういうかたちを、予想していただろうか。川中にとっては、あらゆる予想が、意味のないものではないのか。

「姫島に、連絡を入れておきますか?」

「いや、いい」

姫島で結着をつけようというなら、周囲への迷惑は、最小限で済むことになる。

横から、十メートル近い波が来た。船長はそちらに舳先をむけた。船体が持ちあがり、エアポケットに落ちた飛行機のように落下した。

安見は、声ひとつあげようとしない。船酔いとも、無縁のようだ。

二艘が、同時に見えた。『ラ・メール』も、波に持ちあげられ、位置が高くなったからだろう。二艘は、かなり接近していた。

同時に見えた二艘は、まるで幻のように視界から消えている。

「もう少しで、沖ノ瀬を抜けます」

船長が、呟くように言った。

激しい戦闘が予想される中、台風を衝いて沖縄にむかったことがある。私はなぜか、六十年も前の光景を思い浮かべていた。

二千トンの駆逐艦でも、波風に翻弄された。無理な航行をしたのは、悪天候で敵の攻撃を避けられる、と考えたからだろう。

艦隊を組んでいたが、僚艦の姿すら見えないほどだった。私は、医務室でじっとしていた。このまま艦が沈めば、戦闘もなく死ぬことができる、とぼんやりと考えていた。

「軍医殿、新兵が海に落ちました」

下士官がひとり、飛びこんできてそう言った。

海に落ちた兵を、拾い上げることはできない。そうするつもりも、ないだろう。そして、軍医の私に報告することなど、無意味でしかなかった。

あの下士官は、どうすればいいかわからなかったのだろう。ただ、黙ってはいられなかった。なぜ、甲板に出る無謀を冒したのか、憑かれたように喋ったただけだ。

艦尾に、掃除用のモップを置いてきた。それを回収しようと、飛び出して行ったのだという。モップ一本と、命を引き換えただけだった。

戦闘で死ぬより、ましかもしれない、とは思わなかった。闘って死ぬことができなかった、新兵の思いはどんなものだろう、とぼんやりと考えただけだ。

やがて、艦は暴風圏を抜けた。

きれいに、艦隊が組み直された。

私に報告してきた下士官は、モップを持って艦尾に立ち尽していた。波は、新兵を攫ったが、もっとたやすく流れそうなモップは、持っていこうともしなかったのだ。

「二艘とも、沖ノ瀬を抜けています」

船長が、報告した。

荒れた海を、二艘が並走していた。

荒れていると言っても、沖ノ瀬の波と較べれば、子供のようなものだろう。

結着はつかなかった、と私は思った。

前線からも遠ざかりつつあるのか、姫島のあたりには、雲間から陽が射しはじめていた。

17　遠い夜

鉄と豪が、岸壁に迎えに出ていた。

私が動かないので、接岸も船長が指示した。レーダーは回り続けていて、一マイルほどの沖合に、二艘がいるのを映し出していた。

すでに寒冷前線は去って、海面は陽を照り返している。

「接岸、完了しました。発電機以外の機関を、停止します」

「了解」

答えたのは私でなく、水村だった。

「あの二艘、この港に入るのですか？」

安見が、椅子から立ちあがって言った。

「そんなことを、俺に訊くな」

正午近くになっていた。

時々、鉄と豪が岸壁で哮えていた。船に駈けこんできたりはせず、ただ岸壁で待っているだけだ。

船舶電話が鳴り、水村が出た。

「川中さんでした」

「なんと言ってきた？」

「腹が減った。そう言われています」

水村は、表情も変えず、言った。

「入港するつもりか？」

「昼めしを奢(おご)ってくれ、というのが会長への伝言です」

「人を食った男だ」

私が言うと、水村は船橋(ブリッジ)の外に出ていった。入港の許可の合図を、手の信号で出そうというのだろう。

しばらくして、バートラムの船影が近づいてきた。

私は、船を降りた。

鉄と豪が駈け寄ってくる。私は、二頭の耳の後ろを、ちょっとくすぐった。二頭は躰(からだ)をふるわせて、喜びを表現した。

連絡がしてあったのか、車が迎えにきていた。

「乗れ」

私は、安見に言った。安見はなにも言わず、年代物のメルセデスに乗りこんできた。

「どうなるんですか？」

「おまえは、俺のことを野次馬だと言っていただろう。どうなるか、野次馬にわかると思うか？」

「そうですね」

安見は、動きはじめた風景の方に眼をやって言った。鉄と豪は、車の後ろを走ってきている。

「秋だな」

「えっ」

「しばらく戻らなかった。その間に、木の葉の色が、ずいぶん変っている」

「川中のおじさまも、若月さんも、そしてあの男も、まだ生きているんですね」

私は返事をせず、明るくなった海の方に眼をやった。一艘が、ゆっくりと走っている。

まだ波は多少あり、飛沫をあげているのが、時々見えた。

家へ着くと、私は書斎に入った。

海に落ちた新兵と、報告に来た下士官の名を、調べようと思ったのだ。

戦死者の名簿はあり、新兵もその中に入っているはずだった。

二人の名は、すぐに見つかった。名前のところに、小さな丸が打ってある。

私はあの新兵や下士官のことを、前に一度思い出し、こうして丸を打ったようだ。

「すべてが、くり返しか」

名簿を閉じて、私は声に出して呟いた。

しばらく、ぼんやりとしていた。

「昼食です」

水村が伝えに来た。

私は書斎を出て、食堂の方へ行った。

「この島には、車が三台あるそうですね。俺が乗せられたのは、老いぼれのメルセデスじゃなく、軽トラックだった」

川中は、テーブルに肘(ひじ)をついて喋っていた。

あんな時化を乗り越えると、形相ぐらいは変っているものだが、酒場ででも会ったような顔を、川中はしていた。

ひとりで食事をするには、広すぎるテーブルだった。大抵、私はひとりで食事をする。八人分ある椅子の、ひとつだけを使うので、それだけがいくらか貫禄(かんろく)がついた、という感じになっていた。

川中は、その椅子とむかい合う位置に、腰を降ろしている。

私は、自分の椅子に、腰を降ろした。安見が、川中の隣りに座る。

「いくらなんでも、無茶じゃありません、川中のおじさま。会長も、『ラ・メール』の船長も、乗り切れるかどうか、運次第という口調でしたよ」

「俺は、運の勝負で負けたことはないんだ、安見。負けてりゃ、そこで死んじまってるわけだが」

「おじさまの、そういうものの言い方が、どれぐらい欺瞞に満ちているか、このところ、あたしはよく考えます」

「厳しい言い方だな」

「厳しくなんて、ありません。運の勝負でも、おじさまはよく負けてます。そして、そのたびにまわりの人たちが、死んでます」

「おまえの親父も、俺の運のなさで死んだのか？」

「父は」

「やめろ。俺の家で、親子喧嘩のようなことは、やめておけ」

私が言うと、川中が苦笑した。

「八人掛けのこのテーブルで、いつもおひとりなんですか、会長？」

安見が、私にむかって言う。誰かに当たりたいというより、いたたまれなくなったというところなのか。

ちょっと眼をくれただけで、私は安見を無視した。

「群のところの犬が、すっかり老いぼれているな」

「黄金丸は柴犬ですからね。長生きはすると思いますよ」

ドーベルマンは、あまり長生きはしない、と川中は言っているようだった。確かに、大型犬は柴犬ほど長命ではない。鉄と豪は、何代目のドーベルマンになるだろうか。

「川中、おまえ、犬を飼ったことは?」

「子供のころに。雑種でしたがね。老いぼれて、死んでいきましたよ。死ぬ時は、ずっと俺を見ていたな」

「その眼が、忘れられんか」

「なんでしょうね、あれは。死ぬ瞬間に、なにか通じ合う。それまで以上のものがです。それを言おうとすると、死んで行く」

「人も、同じだろう」

「人は、もっとさまざまなものを抱えこんで、死にますよ。犬は、なにか命そのものに純化される。俺は、ごめんですね。人間だと、こいつは死んでよかったと思えたりしますが、犬はただ死んで行く」

戦死していく兵がそうだった、という気もする。自分の死に、意味など見つけられはしない。ただ、抱えているものはある。そばにいて、気が滅入るほど、多くある。

「鉄と豪は、まだ若い。俺より先に死んだりはせんな」

「食えない爺になって、長生きするかもしれませんよ、久納さんは。死にたがっている人間ほど、死から遠ざかっちまうもんです」

「おまえが、まさにそうだな」

　食事が運ばれてきた。ワゴンに載せられている。私ひとりの時は、盆がひとつだ。

「カサゴの煮付けか。こいつは、悪くない」

　ほかに、野菜の料理が二品と漬物と味噌汁がある。

　私は、頭からカサゴを食いはじめた。口に残った骨は、よくしゃぶってから皿に出す。川中も、同じようにしていた。昼間からステーキを食っているというが、ほんとうはこういう魚が好きなのかもしれない。

　私が、骨をしゃぶっては出している間に、安見は全部食い終えていた。呆れたように、私と川中を見ている。

「魚の味のわからん、かわいそうなやつだ」

「まったく、そうですね。ホテル・キーラーゴのメインレストランはフレンチで、肉料理が得意ですからね。安見は、いつも新しいメニューの試食をしています。母親の方が、すっかり肝臓を悪くしちまってますので」

「レストランが俺の趣味に合わないだけで、あそこは悪いホテルではない。おまえのシティホテルより、ずっとホテルらしい」

「リゾートっていう意味では、そうでしょう。うちはビジネスセンターからなにから、完備していますよ」

安見が、立ちあがった。

「お二人は、いま凌ぎ合いをなさっているのではありませんか?」

「昼めしを食っているのさ、安見」

川中が言った。私はしゃぶっていた眼のまわりの骨を、皿に出した。

「若月さんを、このまま放っておいてもいいんですか?」

「ソルティは、姫島のまわりの錨泊ポイントを熟知しているだろう。それがわからんので、俺は上陸した。夜中に、風に吹かれて苦労するのはごめんだからな」

「若月さんの船には、野本精一が乗っているんですよ」

「殺したいんだろう、おまえ」

自由になった口で、私は言った。

「泳いでいって、殺してくるといい。二百メートルも泳げば、船に着く。もっとも、若月とやり合わなけりゃならんが」

若月は、絶妙の場所に錨を打ったらしい。少なくとも、いまの天気図では、明日の朝まで風はまったく遮られている。姫島も含めて、このあたりの海域は知り尽しているのだ。

「あたしは、どうすればいいんです?」

「俺に訊くな。船に乗ったから、おまえは野本の近くにいられる。場合によっては、野本が死ぬところにも、立会える」

「なぜ、なぜみんなそうなの？」

「おい、安見。おまえが沢村明敏について、責任を感じているのはわかる。責任がない、とは言えんがな」

「おじさま、あたしにどういう責任があるんです？」

「沢村と野本を組ませた。途中で、ぶつかりはじめた。音がだぞ。その時点で、ライブは中止するべきだった。それを、音がぶつかってから、十日も続けた」

「二週間のライブは、うちのホテルの売物にするつもりだったんです」

「チケットが全部売れているとしても、中止するべきだった。表現者には、俺たちにわからない、なにかがある。それを無視し、営業のことだけを考えた」

「それは、表現する人たちの、責任ではないんですの？」

「両方とも、戻れなくなっていたのさ。しかし、中止しなかった責任は、軽微なものだろう。俺が、責任がある、と言ってしまう程度のな。社会的に追及をされるようなものではないぞ」

「おじさまは、どうして野本を追って、殺そうとしているのです？」

「ただ、怒っている。野本がやったことにな。これは、俺にとってはまったく正直な情動で、したがって消し難いものでもある」

「怒りで、殺人者になるんですか？」

「金のために殺すより、ずっとましだろう」

「沢村先生は、演奏を続けられます。あたしも会長も、それを聴きました。もしかすると、前よりも素晴しい演奏です」

「だから？」

「怒りの根拠は、弱いものになりませんか？」

「俺は演奏がどうのというのは、関係ないと思っている。野本がやったことに、怒っているだけさ。それを正直に表現するには、殺すしかないんだな」

「そういう、おじさまの怒りが、いままで何人の人を死なせたんですか？」

「俺が死なずに、まわりが死ぬか。それはそれでいい。人は死ぬために生きている、と俺は思っているよ」

「そんな」

「そう思わないと、俺はもたなかっただろうと思う。人が生きることは、それほど悲しい。両親に死なれたおまえには、それが言葉ではなくわかっているはずだ。おまえも結局、生き残っているんだからな」

川中が、安見に説教している、とは思わなかった。むしろ、この男にはめずらしく、他人に対する愛情を、照れることなく剝き出しにしている、という気がする。

「わからない。あたしには、わからないわ」

「わからなくてもいい。ただ見ていろ。それが、生き残るということでもある」

「おじさまは、見ていない。会長も」

「おまえのつらさは、俺たちはしばしば味わってきた。たまたま、俺も川中も、見ていなくていい立場に立った。それだけのことだ」

「それがなぜ、会長とおじさまの争いになるんです」

「めぐり合わせだ」

私は、ようやくカサゴの身にとりかかった。川中は、すでに背骨をしゃぶっている。

安見は、それきりなにも喋らなかったが、席を立とうともしなかった。

「どうだ、川中。海の上で、結着はつきそうか？」

「駄目でしょうね。ソルティは、海の上じゃなかなかのものですよ」

「そうか」

「下手をすると、俺がやられますね。沖ノ瀬でやられていても、なんの不思議もなかったと思いますよ」

「やはり、誘いこまれたのか？」

「いい度胸をしています。ただし、海の上ではですが」

いつまでも、海の上にいることはできないのだ。若月が、どこで肚を決めて上陸するか、ということになる。

　私はようやく身を平らげ、背骨をしゃぶった。

「明日、俺はヘリコでS市の会社へ行く。あの街に行くかどうかは、情況を見てからだが、安見はそばに置いておく」

「そうして貰うと、余計な神経を使わずに済みます」

　茶を飲みながら、川中が言った。

　私が茶を飲みはじめて、昼食は終りということになった。川中は、船へ戻り、そこに泊るつもりのようだ。

　若月の船の位置は、『ラ・メール』のレーダーにずっと出ていて、まったく動いていないという。若月の船のレーダーにも、当然、川中の船は出ているだろう。

　私は、明日のヘリコの迎えを水村に指示し、書斎に入った。デスクの上にあるのは、群秋生の新作ぐらいだが、手をのばす気にはなれず、ぼんやりしていた。

　夕方近くになって、鉄と豪を連れて、しばらく外を歩いた。日没が、早くなっている。周囲が薄い闇になるまで、私は林の中を歩いた。それから家へ戻り、自分の手で鉄と豪に食事を与え、それから風呂を使った。

　夕食にも、川中は客人のような顔でやってきた。

「食料らしい食料が、船にはなにもない。群は、せいぜい一、二時間乗るだけらしいんで、仕方がないな」

　夕食も、魚だった。島の漁師が、今日獲れたものを持ってくる。

　水村と、『ラ・メール』の船長も加わった食事になり、話は沖ノ瀬の時化のことに集中した。ここ数年の間でも、遭難した貨物船が一隻と、ヨットが一隻いる。

「まあ、俺は運かな。あとは、適当だな。でかい波が来たら、切り上がるしかない。落ちる時は、できるだけ船が横をむかないようにする。その程度だよ」

　船長の質問に答えて、川中が言った。

　気軽に船に乗ってきたような言い方だが、相当死に近づいた、という意識はあるはずだ。ただ川中の場合、それが快感になりかねないところが、厄介なのだった。

「プレジャーボートの場合、転覆が一番怖い。というより、それで遭難するわけですが」

「出力だよ。前への推進力を、俺は感覚の五割り増しあげる。その出力で、なんとか傾いても復元するね」

「わかりますね、頭では。しかし、スロットルを開けない。それが人間というやつだと思うんですがね」

「まあ、どこか捨て鉢になっているところは、あるんだろうよ」

「川中、おまえの船もバートラムだそうだな」

「同じ型ですが、ツナタワーがない。その分、俺の船の方が、安定していますね。日本の海況じゃ、ツナタワーは無用の長物です。かえって、安定を崩しますし」

「群は、ツナタワーを気に入っているようだが」

「外見が、恰好よくなる。ただそれだけの理由ですよ。群という男の本質が、それで見えるかもしれませんぜ」

「海の上の恰好だろう」

「まあ、そうですが。生き方の恰好は、お世辞にもいいとは言えないやつですし」

私が会話に加わると、船長は遠慮して黙りこむ。ほんとうは、ここで食事をするのも、気詰りなのだろう。クルーたちと、騒ぎながらの食事の方が愉しいはずだが、そんなところに気を遣う気が私にはない。

「船は、明日、S市の近くに回しておけ。いつもの湾で錨泊していていい」

「わかりました」

「川中が出航しなくても、出していいぞ」

「明日は、静かな海況だろうと思います」

「なら、また二隻が競走でもするかもしれんが、放っておけ」

川中が、ちょっと肩を竦めた。

冷酒を飲みながらの、夕食だった。川中はまったく変りはないが、船長の頬は赤らみはじめている。

「おじさま、さっき捨て鉢とおっしゃったわね」

「また、説教か、おい」

「父も、捨て鉢なところがありました？」

「俺から見て、ということだな。なかったな。見事に建設的な男だった。そのくせ、俺とはなぜか気が合った」

「そうですか」

安見の父親の秋山という男を、私は知らなかった。安見のことで、何度かその名を耳にしたが、義母にあたる菜摘（なつみ）についても知らない。

「父には、あたしがいました。また違う意味で、母もいました」

「俺ほど、孤独ではなかったから、と言いたいのか？」

「そんなこと。おじさまには、友だちが沢山いらっしゃるわ」

「もっといたさ。死んじまったが」

「死んだ人のことばかりを言うの、よくないとあたしは思います。死んだ人は、死んだ人でしょう？」

「それ、俺にじゃなく、会長に言ってやれ」

「会長やおじさまばかりじゃなく、男はみんなそうだわ。水村さんだって、若月さんだって」

「お、水村に鉾先がむいたか」

川中がまぜ返し、その話は終りになった。

食事を終えると、私は書斎に氷と水を運ばせ、グラッパを飲みはじめた。

いつの間にか、こんな酒も好きになった。生きているというのは、浅ましいものだ。

モンテクリストの煙が、書斎に漂う。火をつけたこの瞬間も、私は好きだった。

好きなものが、夢でしかなかった時代が、間違いなくあった。夢を、夢のまま抱いて死んだ人間が、数えきれないほどいる。

死んだ人は、死んだ人でしょう。安見が言った言葉が、蘇える。

みんなが、そう思う。だから、私はそう思うまいとしている。川中も、そうなのだろう。そして、無用に苦しむことになる。

生きているがゆえに浅ましい、ということを、私はどれほどやってきただろうか。生きるという言葉の中で、それは許され、忘れられていくのだろうか。

そろそろ、死に時なのか、という気もする。死のうとして死ねたためしはないが、もういいかもしれない、とも思う。諦めというのとは、いくらか違う。

あの、遠い夜に帰りたい。なにが遠く、夜がどこなのかもわからないまま、私はそう思った。

それから、私が感じている夜が、死そのものなのかもしれない、と思った。

なんでもない、今日の夜は、ただ更けていく。

18　バルブ

S市の本社から、私はすぐに街へ行った。私を訪ねてきた女は、一応本社の受付にやってきて、私の不在を確かめ、街へ行ったようだ。

水村が、その女を捜し当て、私の携帯に連絡してきた。

「山名のホテルに、連れていけ」

「誰ですの？」

私から離れようとしない安見が、訊いてきた。

「質問はするな。俺のそばにいたいのなら、なにか訊かれるまで、黙っていろ」

私は、ホテル・カルタヘーナでタクシーに乗り、山名のホテルにむかった。

野本律子は、所在なさそうに、ロビーの椅子に腰を降ろしていた。

「そんなにも、野本から泣きが入ったのか？」

「はい。きのうは、船の上から。死ぬかもしれないと、何度も言ってきました」

「東京の店は？」

「あたしがいない間は、閉めておくしかありません」

「蓄音機を、届けるつもりだったが」

「届きましたわ。夜中に水村さんが運んでこられて、そのまま帰られました」

五時間ちょっとで、東京との往復はできるという。水村がいつ東京へ行ったのか、私は知らなかった。

「とても、いい音が出てますわ」

「ここへ来た理由は？」

「野本に、頼んでくれと言われました。久納さんに、助けてくださいと」

連絡がつくかぎり、元の妻に連絡し続けたというところなのか。

「それで、俺に頼むのか？」

「いいえ。もうお願いできることは、なにもない、と思っていますわ。野本が、なにをしたか知りませんが、お金を借りたというようなことではないのでしょうし」

「借金などではないな」

「あたしは、どうすればいいかわからなかったんです。だから、これを持ってきました」

野本律子の足もとには、黒い楽器ケースがあった。

「トランペットを、どうする気だ」

「わかりません。でも、あの人に必要なのは、これだろうと思って」

「野本は、トランペットを持っているはずだがな」

「気に入っている、高いトランペットです。これは、野本が最初に使ったというものですわ。物置に、放り投げてあったものですけれど」

野本律子は、思いあぐねて、そうしたのだろう。川中からも、野本がなにをやったか、聞いてはいない。

元の夫の悲鳴を癒すものとして、これしか思いつかなかった。そういうことなのだろう、と私は思った。

「野本はいま、若月という男と船に乗っていて、連絡がとれん。会える情況になるまで、このホテルで待ってくれんか?」

「三日しか、あたしはいられません。三日、店を閉めるので、精一杯だろう、と思うんです。あんな店でも、お客様は来てくださいますので」

三日休むのでも、思い切った行為だったのかもしれない。野本はもう、元の亭主にすぎないし、迷惑もかけ続けている。

「おまえは、野本のトランペットだけは、認めていたんだったな」

「あの人にあるのは、それだけです。男としてというより、人間として駄目なところばかりなんですが」

「野本が、どんなことをおまえに訴えてきたかは知らん。俺は野本を守ってやると言ったが、それはあの男のためでなく、死んだ戦友のためだ。いや、これも違うな。生き残っている自分のため、かもしれん」

山名夫妻は、遠慮しているのか、ロビーに顔を見せなかった。

「三日経っても会えなかったら、この娘と一緒に東京へ帰れ。事がすべて片付くまで、この娘が店の手伝いをする」

「会長、あたしはここを」

「水村も、一緒だ」

「それは、できません、会長。おかしな連中が、この街に入っています。金のためなら、なんでもやるというやつらです」

「重夫」

「誰がなんと言っても守らなければならないものが、俺にはあります。それができなければ、俺が俺でなくなりますので」

水村の口調は静かだったが、決して動かしようのない、強い意思も感じさせた。

水村は私に絶対服従だが、それは水村自身が決めたことだった。つまり水村は、自分で自分の生き方を選んでいるのだ。

誰に対してであろうと、絶対服従などということを、私は強要したことはない。できもしない。私の持っている小さな権力は、企業のオーナーとしてのものだけで、服従している人間は、その立場でそうしているだけのことだ。

「それでは、安見だけ行くか」

「いやです」

「おまえがここにいても、面倒になるだけだ。それは、おまえが希望していることでもあるまい」

「あたしは、最後まで見届けたいんです」

「それに、なんの意味がある。沢村明敏のピアノを聴いてから、おまえは野本を殺すことが無意味だ、と思いはじめているだろうが」

「それは」

「おまえにとっては、無意味なことしかやっていない、俺や川中を見ていなければならない必要が、どこにある？」

　私が眼をむけると、安見はうつむいた。

「今夜、もう一度、沢村のピアノを聴いてみればいい。やつは、まだピアニストだ。だから、俺がライブを頼んだ」

「誰が、来るんですか？」

「この間、聴かなかった川中が。そして、野本の元の女房もそこに入る。あと何人かはいるが」

「聴いてから、決めればいいんですか？」

「そういうことだ」

「聴くだけ、聴いてみます。この間の演奏が、ほんとうのことだったのかどうか、あたしにはよくわからなくなってきてますから」

「それでいい」

野本律子は、ほかのことを考えているのか、床に眼を落としていた。水村は、私のそばに立ったままだ。

「部屋は？」

「二階の五室を、全部押さえてあります」

山名のホテルは、私の借切りということだった。

「じゃ、しばらく部屋で休め。昼めしは、ここで一緒だ。俺も、あまり動かない方がよさそうだしな」

水村が、安見に部屋の鍵を渡し、野本律子を案内していった。

私は、窓にむいた椅子に席を移し、しばらく穏やかな海を眺めていた。

「若月と川中さんは、すでに動いていますが、川中さんの方が諦めたようです」

水村に、『ラ・メール』の船長から、連絡が入ったようだ。

「若月の船は、船体が細いんですよ。それでエンジンの馬力は同じぐらいですから、トップスピードでは差が出ます」

「余裕で、若月はマリーナに帰ってくる、ということか」

「川中さんは、三十分は遅れるでしょう」

「ほかのことで、なにか調べはついたか？」

「いま、街に入っている数人は、金の臭いを嗅ぎつけて動いている、ということのようです。野本に頼まれたからではなく、うまく立回れば、会長から金が引き出せる、と考えているのでしょう」

つまり、どう動くかは、その時次第ということだろう。私に、金を出す気はなかった。懐を狙われた時は、たとえ命を落としても、びた一文出さない。私が金をばら撒くのは、自分でそうしたいと思った時だけだ。

「出てくる機会を、穴ぐらからずっと狙っている、ということでしょう。野本との連絡は絶っていないと思いますから、大まかな情況は摑んでいるはずです」

「いろんなのが、湧いてくるな」

「金の臭いがすれば」

「おまえが、『陽炎』に行けんというのは、そいつらがいるからか？」

「それが、一番大きいと言えます」

「わかった」

私は、海に眼を戻した。

秋の、穏やかな光が海に射していて、こんな日、私は『ラ・メール』のアッパーブリッジで、ぼんやりとしているのが好きだった。

姫島の、書斎からの眺めも、悪くない。

「昼食のあとは、紅茶になさいますか。それともコーヒーがよろしいですか？」

厨房から、山名が出てきた。

「紅茶には、なにがある」

「ダージリンの、オレンジ・ペコが」

「ふうん」

紅茶の葉など、どうでもいいようなものだが、オレンジ・ペコや、さらにその上のフラワリー・オレンジ・ペコなど、うっとりするような香りがある。

そういうこともまた、わかってしまう自分が、不意に、どうしようもないものに思えてきた。なんという男なのだ。

「コーヒーでいい」

「わかりました」

「昼食は、燻製ではないものをお出ししたい、と家内が申しておりますが」

「いいな。ところで、俺の燻製は？」

「出来あがっております。しばらく寝かせ、真空ラップをいたしてございます」

「それは、ひとりで食うことにする。もうしばらく、預っていてくれないかな」

「かしこまりました。いい味に仕上がっているはずです」

私はまた海に眼を戻し、束の間、うつらうつらとした。

昼食の時間になったらしく、全員が下に降りてきた。

野本律子が、私のそばに腰を降ろし、海に眼をやった。

「あたし、野本がなにをしたか、秋山さんから聞かされました」

「そうか」

なんとなく、私が言い出せなかったことを、跳ねっ返りの娘が、あっさりと言ってしまった。そういうところでは、安見も役に立たないわけではない。

「あたし、沢村明敏先生の、お名前は存じあげていました。野本と関係のないところで」

「一時期、売れた名ではあるらしい」

「いまも、忘れてない人が、多くいます」

野本律子は、海を見続けている。

「心臓が、鷲掴みにされたような気がしました。野本がやったことは、許されるべきではないだろう、と思います」

「それについて、いまはなにも言うな。沢村の演奏を聴いてから、いろいろ考えてみればいい」

「はい、秋山さんも、そうおっしゃっていました」

「俺のレコードは、無事か?」

「保管には、なんの問題もない、と思います」

「あの蓄音機で、聴けるものがあるかな?」

「全部、聴けると思います」

聴いてみたい、と私は言わなかった。あれは、私が預っている、野本太一のレコードのコレクションだ。野本に顔が立たないかぎり、自分で持ちこんだ蓄音機で聴くことはできない。理由はなく、そう思っているだけだった。

「夕食は、ホテル・カルタヘーナだ。それから、バーでピアノの演奏をやる」

「はい」

「つまらんホテルだが、ピアノだけはいいもののようだ。沢村が、気に入っている」

「わかりました」

テーブルに料理が運ばれてきたので、私は腰をあげた。

昼食を終え、コーヒーを飲むと、私は一度自分の部屋に戻った。

海は、相変らず穏やかだった。秋の海は、西からの気圧の変動が急なので、突如として荒れはじめたりする。しかし、その気配すら、いまはなかった。

腰を降ろして海を眺めている間に、一時間は経過していた。私は、年齢相応の混濁の中に、入りこもうとしているのかもしれない。その混濁が、ある意味で救いになることは、なんとなく私もわかっていた。

もしかすると、救いを求めはじめているのか。そういう救いを拒むことが、自分の人生だったのではないのか。

私は腰をあげ、デュバリーの防水ブーツに履き替えると、オイルスキンを羽織って部屋を出た。

ホテルの裏口から、磯の方へ出た。

厨房の山名夫人がちょっと顔を見せたが、なにも言わなかった。

磯の岩場は、それほど険しいわけではない。むしろ、角のとれた岩が、なだらかな凹凸で続いているという感じで、足もとに注意していれば、危険はさほどなかった。

私はゆっくりと、注意深く歩いていった。荒れた日は、打ち寄せる波で飛沫が上がっているが、いまは波音が聞えるだけである。

しばらく歩くと、砂浜になる。

人の背が見えた。道路の方から砂浜を歩いてきたらしく、足跡がついていた。それは来る方だけで、戻ったものはない。

野本律子だった。短いコートを肩にかけ、トランペットをいじっているようだった。

黙って、私は律子のそばに腰を降ろした。律子は驚いたのか、腰をあげようとした。

律子の膝の上にあるトランペットは、艶を失い、黒いしみのようなものが拡がっている。

「座っていろ」

「申しわけございません。部屋から出てしまいまして」

「別に、監禁しているわけではない。できることなら、東京に帰れ」

「野本に、会おうと思います。このトランペットを、もう一度持たせることができるかどうか、あたしにはわかりませんが」

「川中に、殺されるかもしれん」

「それはそれで、仕方がないと思います。野本は、なにかあるとあたしを頼ってきますが、あたしには、すでに別れてしまった男、という思いしかありません。ただ、これだけが、あたしと野本を繋ぐんです」

「トランペットか」

「野本が、これを物置に放り出してからも、あたしは時々、動かしていました。トランペットって、バルブが命だ、といつも野本が言っていたんです。触れた感覚まで、伝わらなくちゃいけないと。そのためには、いつも動かしていなければならないんだそうです」

「それで、バルブとかいうやつを、カタカタいわせていたのか」

「あたしが動かしていいものか、わからなかったんですが、動かさないよりはいいかもしれない、と思って」

「まあ、そんなものだろう。トランペットはただの機械だろうからな。問題は、どんな魂の籠った音が、そこから出るかということだ。野本精一に、魂はあるのか？」

「あります」

「技だけではないのか。それを、魂と思っていないか？」

「あの男の、哀しみ、魂が抱え持ってしまった哀しみを、あたしはよくわかっているつもりです」

「なら、なにも言うまい」

波は砂浜に打ち寄せてきているが、大人しやかなものだった。風もない日だ。

ふっと、背中に人の気配を感じた。道路の方からも、二人砂浜に降りてきた。四人いる。

私は、腰を降ろした岩から、動かなかった。四人が、私たちを取り囲む恰好になった。

律子には、襲ってみるなんの価値もないだろう。どう考えても、取り囲まれているのは私だ。

「大人しく、付いてきてくれませんかね、久納会長」

私は、黙って言葉を発した男の方を見た。

「殺して、連れていけ」

「死んだら、ただの老人なのですよ、あなたは。生きているかぎり、久納コンツェルンのオーナーです」

「コンツェルンだと?」

そういう言葉が、私は好きではなかった。それだけで、私が腰をあげない充分な理由になった。

しかし、この情況が長く続かないだろうということが、すぐに見えた。

水村が、砂浜を歩いてきたのだ。普通に歩いているように見えるが、小走りの人間よりずっと速いということが、私にはわかった。

「あなたの身柄は、価値があるのですよ、久納会長。私は」

言いかけ、男は気配を感じたのか、ふり返った。その瞬間、水村の躰が宙に舞いあがった。男の躰が、なにかに薙がれたように倒れた。水村は、砂の上に立っている。

もうひとりが、打たれる前に尻から落ちた。背後の二人は、水村が使っている若い者たちに押さえられたようだ。

「申し訳ありません。何人いるかわからなかったので、ぎりぎりまで待たせていただきました。御不快な思いをされたでしょうが」

「いや、いい」

「三人、と思いましたが、四人でした」

「野本が、雇ったのか?」

「そういう金は、ありません。野本から、情報をとった、ということでしょうか」

「それで？」

「会長と野本の交換で、金を得るつもりだったのだろう、と思います」

「くだらんな」

「もう少し、締めあげてみます。やはりくだらなかったら、会長に手を出そうとしたことを、一生後悔しながら生きる、ということになります」

　手のひとつでも落とすのだろう、と私は思った。それを止める気もない。

「この四人が消えると、街の中はかなりすっきりしますが、まだ数人います。会長を餌（えさ）にして、野本はかなり人を集めました」

　野本は、墓穴（ぼけつ）を掘ったことになりかねない、という気もする。その墓穴に落ちたとしたところで、私には助ける理由はなかった。私は、川中から野本を守ろうとしているだけだ。

「ですから会長、ひとりで出歩かれるのは、やめていただきたい、と思うのですが」

「気をつけよう」

　水村が使っている若い連中が、四人を連れて道路の方へ去っていった。

「バルブは、もういいのか？」

「はい」

　律子は、落ち着いていた。というよりなにか諦念（ていねん）に似たものを、漂わせている。

「おまえは、吹けないのか？」

ブのところだけが、別のもののように鈍い光を放っていた。

「戻ろうか」

私は、岩から腰をあげた。

19 音

食事の時には姿を見せなかった川中も、バーには現われた。私は、モンテクリストに火をつけた。律子と安見が並んで座り、その後ろに水村が腰を降ろした。群秋生と山之内は、なにか小声で喋っている。

「俺にとっては、沢村さんのピアノがどうかということは、なんの関係もありません」

川中が、コニャックのグラスを掌の中で揺すりながら、わかりきったことを言った。

「俺は、野本精一の性根が許せないだけなんでね」

「わかりきったことまで、言葉にするような男になったのか、川中」

「これはまた、まったくそうですな。俺は、歳をとったのかもしれません」

「それを、俺に言うのか」

「言いますよ。会長は、異常に歳をとらない。躰の方は知りませんよ。意地の張り方など、若いやつさながらです」

いつものバーだった。といっても、私はここで何度も飲んだことがあるわけではない。ごく普通に、ほかの客もいる。だから、いつもと同じだろう、と思っただけだ。

少しずつ、私は憂鬱（ゆううつ）になってきた。それが見えるのか、川中も話しかけてこなくなった。私は手招きをし、律子をそばに呼んだ。

「野本の、トランペットについての異常なほどのプライドは、どこから来ている？」

「多分、母親からです。母親に認められるために、吹き続けていた、というところがあるような気がします」

「おまえは、その母親に会ったことはあるのか？」

「いえ、その方が亡くなって三年後でした、結婚したのは」

「会ったことがなくても、わかるか？」

「演奏会の舞台に立つ時は、いつも写真を持っていました。トランペットのケースの中にも、写真が入っていました」

「それが、なぜ異常なプライドになってしまうのだ？」

「そこは、あたしもわかりません。でも、母親のために吹いていた、とあたしは感じ続けていました」

「おまえのためには？」

「あたしを、母親に見立てた、というだけのことだろうと思います」

「苦労したな」

「いえ」

「いまも、母親のように頼られている」

「そんな気はします。だから突き放したい、という気分にもなります。でも、なぜかトランペットには、魅(ひ)かれるんです」

「いまもか？」

「わかりません。最近、本気で吹くところを、見たことはありません。昔の音が、心にしみついているのかもしれない、という気もいたします」

「おまえも、因果な女だ」

「沢村先生は、ほんとうにピアノをお弾きになれるのですか？」

律子は、水割りのグラスを持っている。夕食の時出されたワインにも、ほとんど口はつけなかった。

「おまえが、どう聴くかによる」

「はい」

「俺は、弾けるのだ、と思った」

沢村が、もう一度弾くことを承知した。それは、川中に聴かせたい、という思いがあるからだろう。川中を殺人者にしたくない。沢村は、そう思っている。N市にいる宇野も、そういう伝言を寄越した。

川中と野本を較べれば、殺人は間尺に合わない。野本のような男のために、川中が殺人者になるのは、理不尽でさえある。私は冷静にそう感じていたが、それと野本を守るというのは、まるで別のことだった。

「さっきから、律子さんはこわがっていらっしゃいます」

そばに来て言ったのは、安見だった。

「当たり前だろう。甘やかした息子がやった犯罪を、目の当たりにするようなものだ」

「そういう言い方は」

「安見」

私は、モンテクリストの灰を、灰皿に落とした。

「しばらく、その口を閉じていろ。文句があるなら、つまみ出すぞ」

「そんな」

「おまえと俺の力関係は、そんなものだ。どうしようもない、現実でもある。口を閉じていろ」

「はい」

安見が、大人しく引き退がった。

「少し、飲め。虚心に、音を耳に入れろ」

「酔わなくても、あたしはそれができると思っています」

忍が入ってきて私のそばに立ったので、慌てて律子は席を移った。

「夕食は、お気に召しましたか、会長？」

「はじめから、期待などしておらん」

「シェフを、フランスから呼んだんですよ。その時に来ていただけて、私は嬉しいです」

「信行」

「はい」

「変らんな。人間の成長は、あるところで止まるのだな」

「皮肉ですか？」

「おまえに言った時に、皮肉になっていればいいと思う。真実になってしまうので、俺は言ったことを後悔している」

「フランスから、シェフを呼ぶ。食材を輸入する。そうやって遊んでいなけりゃ、ホテルの社長などやっていられません」

「土性っ骨を、見せてみろ、信行。沢村をホテル専属のピアニストとして雇えるほど、土性っ骨はあるか？」

「専属、ですか」

「おまえと沢村の、男の勝負になるな」

忍が、難しい表情になった。

ほかのことをやっていれば、それなりの男になっただろう。異母兄弟の、争闘とも言っていい対立の中で、いやいやホテルの社長を引き受けざるを得なかった。

そういう意味で、忍は人生にその場所を得ていない、ということだろう。しかし、場所を得た人間が、どれほどいるのだ。

川中も私も、流されてきただけだった、と言っていい。群秋生は、場を得てはいるだろうが、進む先にあるのは絶望ばかりである。

沢村が、入ってきた。左手をジャケットのポケットに突っこみ、客としか思えない様子で、私たちのテーブルに来た。

「お揃(そろ)いですね」

沢村の口調は穏やかで、気持の乱れなど、まったく感じさせない。手首から先を失った時、この男は絶望したのだろうか。心を乱しただろうか。

「一杯、どうです、先生」

忍が言った。

「私は、川中さんに奢られたいのですが」

「なんでも」

　川中が言った。

「演奏のあとは、ソルティ・ドッグと決まっていましたが、ちょっと違うものがいいのかな」

「好きなものを、註文してくれよ」

「ジャック・ダニエルを一杯、オン・ザ・ロックで」

「めずらしいな」

「宇野さんのお酒ですからね」

「キドニーも、先生は連れてきている、という意味だろうか？」

「まあ、適当に考えてください」

　川中が、指を鳴らしてボーイを呼んだ。

　鮮やかな音だが、いくらか下品で、いかにも川中らしかった。

　運ばれてきたロックグラスを、沢村はちょっと翳すようにし、それから口をつけた。

「この街で、川中さんにピアノを聴いて貰うことになるとは、考えてもいませんでした」

「俺は、沢村先生のピアノがまた聴けると、考えていなかったよ」

「弾けますよ」

「そうなんだろうね。話は聞いた」

「自分でも、不思議なんですがね。音が純化したというのかな。とてもシンプルに、だから深く、弾けるようになりましたよ」

沢村が、グラスの氷を軽く鳴らした。

「おい、ピアノ弾き。そばにトランペットを置いておこうか」

私が言うと、律子がちょっと身動ぎをしたようだった。

「どういうトランペットか、にもよりますね。私に音が聴えなかったら、意味がない」

「野本精一が、最初に遣っていたやつだ」

「ほう」

私は、ふりむいて律子の方を見た。

律子は、どうしていいかわからない、という表情で身を硬くしている。

「そのトランペットのためにも、ピアノのそばに置いてやれ」

私が言うと、律子はかすかに頷いたが、立ちあがりはしなかった。水村が、ケースごとトランペットを受け取り、私のところへ持ってきた。

私が頷くと、水村はケースを開け、トランペットを沢村の前に置いた。

「ほう」

顔を近づけてトランペットを見つめ、沢村が声をあげた。

「長く吹かれていない。でも、バルブは動かしてある。つまり、肝心なところには、愛情が籠められているので、楽器が気を放っているな」

「そいつは、興味深い話だ」

群秋生が口を出した。

「楽器が情念を帯びている、ということではありませんか、沢村先生。つまり、音が聴えるかもしれない、ということだ」

「その通りですよ、群先生。みなさんには聴えなくても、私には聴える、という気がします。それによって、私の演奏も少し変るかもしれない。いや、きっと変る」

「じゃ、これはピアノのそばのテーブルに、見えるようにして置いておきます。それとも、山之内に吹いて貰いますか。和笛が吹けるんだ。ペットだって吹けるでしょう」

「いや、置いておいてください。山之内君が入るんなら、この間のように、和笛で」

「今日は、聴かせていただくだけにします」

山之内が、遠慮がちに言った。

「おい、群。出しゃばるな」

「はい、はい」

私が言うと、群は席へ戻った。

水村が、トランペットをピアノのそばのテーブルに置いた。

沢村が、また氷を鳴らした。灰皿に置いたモンテクリストが、消えている。私は、くわえ直して、葉巻用のマッチを擦った。

「まったく、宇宙人が喋っているような気がするな。会長もです」

忍が言った。

沢村はなにも言わず、ゆっくりとグラスを呷った。

客が、三人入ってきた。

ピアノの近くに腰を降ろしたので、忍がボーイを呼ぼうとした。それを沢村が止めた。

「ほんとうの聴衆に、なってくれそうな人たちじゃありませんか。この一角には、それぞれ思いを抱いて聴こうとする人ばかりがいる。私にとっては、歓迎すべきお客様だよ」

「先生が、そうおっしゃるなら」

沢村は、グラスを干すと、もう一杯、と川中にむかって言った。また、川中の指が鳴った。

二杯目のグラスを、沢村はゆっくりと揺すり、氷を鳴らし続けた。それから、口に放りこむように、ひと息で空けた。

沢村が、立ちあがる。

ピアノは、照明が当たる場所にあり、トランペットを置いたテーブルも、その照明にかかっていた。

沢村がピアノの前に立つと、三人の客はびっくりしたような表情をした。左手の無いピアニスト。いや、ピアニストとは思わなかったのかもしれない。

沢村が、右手でピアノの蓋を開け、軽く鍵盤を叩いた。その音が、バーの中に鮮やかに響いた。ピアノのそばの客だけでなく、全員が、その音に惹きつけられた。

沢村が、椅子に腰を降ろした。

時間がすべて止まったような、奇妙な息苦しさが、店全体を覆った。客は、三十数名というところか。バーとしては天井が高く、広さもかなりある。音響という面に関しては、ほぼ完璧だと、忍が自慢していたことがあった。

最初に耳に飛びこんできたのは、音ひとつだった。束の間の空白があり、やがて連続的に音が聴えはじめた。手首から先のない左手も、動いている。

哀しみに似た感情が、私を包みこんできた。この曲を、私は知っていた。『オータム』というアルバムで、ジョージ・ウィンストンというピアニストが弾くのを、私は何度かCDで聴いたのだった。その時は、切迫したような気分に襲われたものだ。

音は、抜けているのだろう。絶対に、どこか抜けているはずだ。しかし、紛れもなく、私が聴いているのは『オータム』という曲だった。それも、沢村明敏だけが弾ける、『オータム』だ。

心のどこかが、疼くような気分になった。涙がこみあげることはなかったが、失ってしまったものを、いやでも思い出させるように、私の心を揺さぶり続ける。

ピアノのそばの三人の客は、一様にただうつむいていた。川中が、かすかに身動ぎをした。忍は、涙を流しはじめている。私に見えるのはその二人だけで、ほかの者たちは視界に入らない。

二曲目は、軽快なジャズだった。

途中から、トランペットが入ってきた。はっきりと、私にはそう感じられてきた。どこかで聴いたことはあるが、耳に馴れたものではない。それでも、トランペットは聴えた。私は、眼を開けていられなくなった。撃沈された駆逐艦。海上に漂う兵。それを無視して突っ走る、重巡。

私は、艦上では、死の祭司だった。次々に、負傷者が運びこまれてくる。できるのは応急処置だけで、ほんのしばらく、命を長らえさせられる。しかし、やがて死ぬ。艦そのものが沈めば、生き延びかけた者も、死に歩み寄っている者も、そして私も、等しく死ぬ。死が、微笑んでいる。高笑いよりも不気味で、自信ありげに、死が微笑み続ける。

拍手が、鳴り響いた。曲が終っていた。私は、眼を開いた。沢村は、鍵盤を見つめていた。次に弾きはじめたのは、ショパンのようだった。トランペットは、沈黙している。次の出番を待つように、気だけを放っている。

バー全体が、音の世界になっていた。グラスも酒も葉巻もない。ただ、音があるだけだ。その音に、誰ひとりとして酔うわけではない。それぞれが、ただ失われたものを見つめている。

不意に、曲が変った。

陽気な曲で、すぐにトランペットが入ってきて、賑（にぎ）やかになった。かすかに、私の膝は動いていた。川中の首も、忍の肩も動いている。

私は、手で自分の膝を押さえ、押し寄せてくるものに抗（あらが）った。

二曲、陽気な曲が続くと、沢村は手を休めた。やっと気づいたように、拍手が起きる。

川中がボーイを呼び、なにか耳打ちした。

しばらくして、ソルティ・ドッグがピアノの上に置かれた。それを、沢村は嬉しそうに持ちあげ、こちらにむけた顔に笑みを浮かべた。

「いいのかどうか、俺にはわかりません。ただ、心は揺さぶられたな」

忍が言った。

「片手でここまで弾くというのとは、まるで違う演奏だったんでしょうね」

私か川中にむかって話しかけているのだろうが、二人ともなにも返さなかった。

「かつて、俺は沢村明敏をうちの専属にしようと考えたことがありましたよ。そうすれば、うちの俗物的なホテルも、少しだけなにかが違ってくるとね。しかし、もう無理です。沢村のピアノは、専属とかいうようなことを、超越してしまっている。芸術ですらない。沢村明敏の生き方そのものだ、これは」

「おい、忍。あまり入れこむな。俺は確かに、いまのピアノを聴いて、驚いた」

川中が言った。

「驚いたら、ソルティ・ドッグを一杯奢ればいい。俺は、そう思ってるよ。沢村も、それが一番嬉しいはずだ」

沢村のピアノと、野本精一の件に関して、川中ははっきりと切り離した、と私は感じた。つまり、野本を追うことはやめない、ということだ。

沢村は、椅子に腰を降ろしたまま、三口ほどでソルティ・ドッグを空け、グラスをピアノの上に戻した。

グランドの古いピアノで、忍が値段を自慢していたことがある。これまで、そのピアノを弾きこなした人間がいなかった、ということだ。

音が、また心に覆い被さってきた。

沢村の右手が、めまぐるしく鍵盤の上を駈け回っている。単調ではなく、重層的な音になっていた。そんなことだけを聴こうとしている私は、心を開いたら音に負けると感じているからだ。

啜り泣きが聞えた。

律子のようだ。それが、不思議にピアノの音の邪魔をしていない。

演奏が、続いた。忍の啜り泣きも混じりこんでくる。川中は、相変らず首を動かしているだけだ。

現実であって現実でない、奇妙な世界だった。音楽が、こういうものを作り出すのだろうと、膝を押さえながら私は考え続けていた。こみあげては消えていくものがあり、私はそれに抗い続けていた。

六曲、七曲と続き、八曲目が終ったところで、音は唐突に熄んだ。

ただの音だったのだ、と私は自分に言い聞かせた。音は、ただ音にすぎない。

「学びました。いや、そんな言い方はないな。感動しました。私は、しばらく和笛が吹けなくなるかもしれません」

山之内が、静かな声で言った。

「おい、ソルティ・ドッグをもう一杯だ。ピアノじゃなく、こっちに運んでくれ」

川中が、声をあげる。

水村が、トランペットを持ってきて、ケースに収め、蓋をした。

沢村は戻ってきたが、席に腰を降ろさず、律子の前に立った。

「なぜ、哀しんだんですか、あなたは?」

律子が、ちょっとだけ顔をあげた。

「失礼。別に咎めたわけではありません。私のピアノが、人の哀しみを誘った。それも、身を切られるような哀しみを。それが、予想外のことだった、というだけのことです。哀しみの理由を、知りたくなって、声をかけてしまった」

「野本精一の、元の女房だ、ピアノ弾き。それ以上は、訊くな」

「そうか。じゃ、あのトランペットは、あなたがお持ちになったんですね」

「ソルティ・ドッグが来たぜ、沢村先生」

川中が言う。川中もまた、私と同じような気の遣い方をしていた。

「野本君には、悪いことをしました。彼のトランペットを、私は拒否した。いや、否定したと言った方がいいのかな。異常な自己主張が、トランペットにあったのですよ。その理由を、話し合えばよかった、と思います。ただ追いつめてしまった。狂わずにはいられないところまで、追いつめた。お互いに、表現者だった、ということなのだろうけど。追いつめて、否定して、どうしようもない心理状態に陥らせてしまったのだ、といまの私にはよくわかりますよ」

「おい、ピアノ弾き」

「すみません、余計なことを喋って」

沢村はそう言い、椅子に戻ってくると、ソルティ・ドッグに手をのばした。

「なかなかのピアノですね、あれは。この間も感じましたが、神業のような調律がしてある。それが、あのピアノの歴史を、すべて生かしていますよ、忍さん」

「あんたは、絶望したな、沢村さん。だから、片手で弾けるのだと思う」

　群秋生の声は暗く、気が滅入りそうなほどだった。

「絶望の果てに、あんたはなにを見たのだろう、と思いながら、俺は聴いていた。なにかあるのだな、そこに。

「だから私はピアノを弾き、群さんは小説を書く。そういうことじゃないのかな」

「それを捜している、ということかな」

「まあ、そんなものでしょう」

　沢村の声は、落ち着いていた。

「川中さん。ソルティ・ドッグをいただきますよ。川中さんに二杯奢って貰うのは、はじめてです」

「二杯目は、沢村明敏に奢っているんじゃない。この世のあらゆる絶望のために、乾杯しようと思っただけさ」

「いいですね」

「久納さんの、マールがない。それに、葉巻が消えている」

　川中が、余計なことを言った。

　私は黙って、葉巻用のマッチでモンテクリストに火をつけ、運ばれてきたマールを手にとった。

「乾杯」

川中が、乾いた声で言った。

20　ワインディング

晴れた日になりそうだった。

私はホテルの部屋から、色づきはじめた夜明けの海を見ていた。

昨夜は、演奏が終ると、みんな二、三杯飲んだだけで、引き揚げはじめた。川中など、一杯飲んだだけだ。

水村は、私と安見と律子をホテルへ送ると、どこかへ消えた。私は、山名と二、三杯寝酒をやって、部屋へ入ったのだ。

眠りは浅く、夜明けに眼醒めて、こうして海を眺めている。

沢村の演奏については、もうなにも考えようとは思わなかった。片手のピアノ弾きがいて、人の心を抉るような演奏をする。それだけのことだ。

それ以上のことを考えると、自分が失ったものと、ひたすらむき合わなければならないことになる。そんなことは、私の人生では、いやというほどやってきた。改めてむき合うことに、大きな理由はない。

海が、海の色になった。海の色もさまざまに変化するが、海ではない色をしていることもあるのだ。夜間航行では、しばしば水ではない、別のものの上を走っているような気分になる。

携帯電話が鳴った。

「お眼醒めですか？」

水村の口調は、冷静だった。ほかの人間は、水村の口調はいつも同じだと感じるようだが、私は、冷静な時とそうでない時を聞き分けられた。冷静な時は、なにかあったということだ。

「どこにいる？」

「ホテルの近くです。大木律子さんが、ホテルを出られました」

水村は律子を、旧姓で呼んだ。いや、もう野本とは離婚しているから、正確に呼んだということなのか。

「野本と、連絡が取れている、ということだな」

「多分、そうでしょう。トランペットのケースだけ持って、呼んだタクシーにホテルの外で乗りました」

「俺を、ホテルで拾え、重夫」

「わかりました」

律子は、水村が使っている若い者が尾行ているのだろう。律子が介入すれば、川中と若月の、二人だけの勝負にならない。川中に不利に働くことは充分考えられるので、私は律子を止めるべきだろう。

私はオイルスキンを羽織り、長靴を履いてホテルを出た。出際に、すでに起き出していた山名が、朝食はどうするのかと訊いてきたので、いらないとだけ答えた。

大型の四輪駆動車が、私の前に停った。私は、助手席側のドアを開けて、乗りこんだ。

「川中さんは、動いています。多分、若月の動きを予測していたのではないか、と思いますが」

「いつまでも、船に閉じこめておくことはできんからな。野本のような男は、すぐに拘禁ノイローゼになって、手がつけられなくなる」

「確かに」

「そろそろ、川中も徹底的にやろうとするだろう。若月も、苦しくなる」

「昨夜の、沢村先生の演奏の影響は、なにもなかったんでしょうか？」

「あれとこれとは別だ。川中の中では、そうなっている。俺の中でもな」

朝の街は、すでに人が動きはじめていた。

水村は、時々なにか喋り、短く指示を出している。携帯電話をイヤホーンで受けているようだが、電話の本体がどこにあるのか、私にはよくわからなかった。

「大木律子さんが、レンタカーを借りる気配です。野本は、タクシーで来させたくない、と考えているのでしょう。若月が承知の上で、二人が連絡を取り合っているのかどうか、わかりません」

「それで、おまえはどうする？」

「できることなら、川中さんを追いたいと思います。山中に行く、という気がします。運転しているのは、群先生のジープ・チェロキーですので」

「ジープというなら、四輪駆動車だな」

「こちらの方が、性能は上です。タイヤがオフロード用で、エンジンは」

「車のことは、どうでもいい。川中に追いつけ。しかし、追い抜くな」

「わかりました」

　水村が、次々に指示を出し続けている。電話は、ドアのポケットのところにあるようだ。私は腕を組んで、前方に眼をやった。派手な金メッキを施したようだったこの街も、歳月とともに、かなりくたびれてきている。地金が現われているところもあれば、錆としか思えないところもある。

　小さく、のどかな村を、こんな街にした。久納一族の愛憎の確執が作り出した、幻のような街だ。そこに、人の営みが滲み出しはじめている、とも見えた。

「やはり、山にむかっています。若月の運転する車を、川中さんが追う、という恰好がはっきりしてきたそうです」

私は、ただ頷いた。

「大木律子さんも、車を借り出したそうです。ごく普通の、乗用車です」

私は、頷きもしなかった。

水村が、さまざまなことに使っている若い者は、十数名いるはずだ。つまりは、十数か所に眼がある、ということだった。

車は、トンネルを通ってS市へ抜けるのではなく、脇から山道に入った。二台がようやく擦れ違えるという道で、さらに奥に入ると、擦れ違うことさえできない。

「若月が飛ばしていて、川中さんが少しずつ離されているようです。バイクで追っている者も、電話で情況を報告するのが苦しくなっているようで」

若月の運転の腕がどうなのかは知らないが、この道を突っ走るのは、車の性能より腕だろう、と私は思った。水村は、巧みにカーブを抜けていく。

「大木律子さんも、この道に入ったようです。林道になると、あの車では無理だろうと思います」

「なにを、しようとしている？」

「は？」

「律子がだ」

「トランペットを、届けるつもりなんじゃありませんか。呼んでいる野本の思惑はどうあろうと、それだけをしようとしている、と俺は思います」

いまの野本に、それがどういう意味を持つのだろうか。たとえ無意味かもしれないとしても、律子にできることは、それだけなのか、と私は考えた。

「重夫」

「はい」

「ないと思うようなことが、あったりするのだな」

「なにが、でしょうか？」

「おまえは、律子に惚れたな」

返事はなかった。運転が乱れもしなかった。

しばらく、水村は言葉を発しなかった。私は、葉巻に火をつけた。

「気持だけでも、駄目なのでしょうか？」

「俺が、駄目だと言ったら？」

「諦めます」

「そのあたりの思い切りは、おまえならできるだろう。しかし、思い切ったところで、なんの意味もない」

「はい」

「人は、どんなふうに出会うか、わかったもんじゃないな。俺は、おまえが律子に出会ったのが、偶然だとは思わんが、難しい相手に惚れたもんだと思う」

「気持だけです」

「その気持を、実現させるのが、男というものではないのか」

「それこそ、相手の気持もあることですし」

「それを押し切る。そんな時、男はこれ以上はない、と思えるほど生きるもんだ」

「そうなのですか？」

「俺は、そうだった。俺の場合は、そうだったということに、どうにもならないような後ろめたさがあったが」

山道を、車で突っ走りながらする話ではなかった。しかし私は、そういう話をしていたかった。若月がどこにいて、川中がどう追っている、というような話は、どうでもいいことのような気がした。

「レコードが」

「俺が預かっている、野本太一のレコードだな」

「蓄音機を届けた時、きちんと動くかどうか、一枚だけレコードを出してきて貰いました。音が出るかどうか、確認したかったので」

「音は、出るさ。どんな音でもよければ」

「彼女、しばらく選んでいて、『レフト・アローン』を持ってきたんです。ティナ・ターナーが唄(うた)っているやつでした」

両方とも、私は知らなかった。

「俺が、かけてみたいと思っているレコードが、眼の前に出てきたんです」

「そういうものだろう。男と女が、男と女として出会う時というのは、そういうものだと思うぞ、重夫」

「はい」

「しかし、難しい相手だ。野本精一に対する思いは、古いトランペットを届けよう、という程度でしかない。しかし、男に癒されたくはない、と思うような傷が多すぎる、という気がしている」

「俺もです。それはそれで、仕方がないと思っています」

「肚を括(くく)っているなら、思い通りにやれ。俺が駄目だなどと言うわけはなかろう」

「わかりました」

車が、スピードをあげた。イヤホーンで次々に連絡が入っているようだが、水村はほとんど返事をしていない。

「会長、車がちょっと横むきになります」

急なカーブだった。かなりのスピードで入り、途中で尻を振って横むきになったが、カーブを出る時は立ち直っていた。

「すみません」

「構わん。この道なら、多分あそこだろうと、行先の見当はつく」

この上に、湖と言ってもいいほどの、大きな池がある。昔は、村の農業用水だった。田や畠がなくなり、いまは神前川の水量を増やしているだけだ。久納一族の私有地になっているので、立入る者は少ないはずだ。

「あそこでは、いろんなことが起きた」

また、車が横むきになった。私は、シートに背中を押しつけて、じっとしていた。葉巻は、くわえたままだ。

「会長、『レフト・アローン』というのは御存知ですか？」

「知らん」

「ある女性歌手が、死んだ時に演奏された歌です。彼女は、ひとりで行ってしまった、というような意味です」

「船で、かけてみろ」

「よく、かけていますよ。いろんな歌手が唄っていますが」

「そうか」

船のサロンに流れている曲は、水村が選んでいる。耳障りだとやめろと言うだけで、私はほとんど気にして聴いたことはなかった。私がやめろと言ったものは、二度とかかることはない。

「大木律子さんが、この道に入ってきたそうです。普通の車でも、上の池にまでは行けます」

なにかが、近づいている。多分、結着というやつだが、切迫したものは私にはなかった。

ただ、律子が邪魔をするのは、避けなければならない。若月と川中の、二人だけの勝負にするというのが、はじめからの約束だった。律子は、やはり野本を逃がそうとするのだろうか。

下りになった。水村の運転が、明らかに慎重になった。ひとしきり下ると、また登りになる。アクセルが踏みこまれるのが、助手席に乗っていてもわかった。

「重夫」

私は吸いかけの葉巻を、オイルスキンの特注で付けた胸のシガーホルダーに入れた。このままでは、葉巻を食い千切ってしまいそうだ。

「今回の件に関しては、おまえはどういう立場に立つ」

「会長と同じ立場に」

「おまえは、俺の影のようになる、と決めた。俺のためではなく、おまえ自身のためにだ。そこになにがあったのか、多少は知っている。ただ、理由はともかく、おまえは俺の影になって、自分自身の姿を消したんだ」

「そういうことに、なるかもしれません」

「その影が、女に惚れたか。笑わせるな。おまえに必要なのは、俺の影でなくなるという、勇気だ」

「酷いことを言われます、会長は」

「言わせているのは、おまえだぞ」

「できません、俺には」

「では、影のままでいろ。律子のことも、忘れろ。両方は、できん」

車が、また横むきになった。

「ひとつだけ、方法があるような気がしているんですが」

「律子のために、死ぬか。やめておけ」

「すべてが、見えるんですか、会長には」

「おまえのことならな」

水村は、めまぐるしくシフトをくり返している。うまいものだ、となんとなく私は思った。

ここで水村を追いつめても、どうなるものでもない。しかし、水村を死なせたくない、という気持は強く働いていた。

惚れたという感情を、あっさり死ぬことに転化してしまう。川中が、野本を殺そうとする時、自分が殺される。あるいは、若月が川中を殺そうとする時に。それがすべて律子のためだ、と思い定めることができる男だった。いい、悪いではなく、そうやって自分の人生に幕を引くのが、自分らしいと思えてしまう、手に負えない男だ。

「会長、俺は」

「ひとつだけ言っておく」

私は、水村の言葉を遮った。

「おまえとは、長い付き合いになった。だから言っておく。いや、頼んでおく」

「会長が、頼むと言われるんですか」

「生き残ったと、俺に思わせないでくれ。それが俺をどれほど苦しめるか、おまえなら知っているはずだ」

水村は、なにも言わない。時々車を横むきにしながら、曲がりくねった山道を突っ走っているだけだ。

それ以上、なにも言う必要はなかった。

しばらく、無言のまま、水村は運転を続けていた。

「川中さんが、若月の車に追いついたようです。いや、追いついた車に、若月はいません。あとは、自分の脚で歩いているようです」

この道は、行き止まりになる。それから先も、人が歩ける道はあるが、いくつものけもの道と交差していて、よほどこのあたりに詳しくないかぎりは、大抵迷う。

若月は、海の次は山の難所に、川中を誘いこんだのか。しかし、距離が近すぎる。

「急ぎます」

急な登りになった。ギアを落とし、かなりのスピードで、水村は運転を続けた。もういい、そこを動くな。電話で、短い指示も出している。

道の勾配(こうばい)が緩やかになった。やがて坂を登りきり、道は平坦(へいたん)になった。林に入った。それを抜けたところで、行き止まりだ。

前方に、車が見えた。赤い四輪駆動車。ジープという名で、私が思い浮かべる車とは、だいぶ違っている。

「群先生の、ジープ・チェロキーです」

水村が言った。その前に、水に鼻を突っこむようにして、もう一台停っている。

水村が、ブレーキを踏んだ。

私は車を降り、水際に立った。水村が、地を這(は)うようにして、足跡を捜している。若い男がひとり、林の中から出てきた。

「どっちへ行った？」

水村が言う。

「山の方へは、行っていません。多分、岸沿いの道だろうと思います」

「行かなくていい」

走りかけた水村を、私は止めた。

「川中と若月。それに野本だけだろう。これは、最初の約束通りの勝負になる。野本を抱えている分、若月が不利かもしれんが、もともとそういうかたちだ」

「わかりました」

「しばらくしたら、律子が来るだろう。律子も行かせるな」

水村は、立ったままうつむいていた。

「あれが」

若い男が、対岸を指さした。二人、走っている。池といってもかなり広いので、顔の表情までは見えないが、若月と野本であることはわかった。

対岸の小屋に、二人が入った。すぐに、ボートが押し出されてくる。私の死んだ甥が、ここで釣りをするために、ボート小屋を作ったのだ。

乗っているのは、野本ひとりだった。

若月が、なにを考えているか、私にもようやくわかった。野本を水上に置き、川中と差しでむかい合おうというのだ。

川中の姿が見えた。若月も、すぐにボート小屋から出てきた。野本は、懸命にオールを動かしているようだ。時々、水の表面を掻き、派手に飛沫をあげた。ボートはあまり進まないが、それでも池の中央にむかってきた。

川中と若月がむかい合った。

21　狙撃

二人が、近づいた。

いきなり、若月の躰が吹っ飛んだ。川中の拳が、顔の真中に入ったようだ。若月が、立ちあがる。また、吹っ飛んだ。

同じようなことが数度くり返された。若月は、ただ立ちあがるだけだ。圧倒されている。手も出せず、ただ棒のように、立っては倒されるだけだった。

何度目かに立ちあがった若月の姿勢が、低くなった。頭から突っこんでいく。川中の拳を顔に受けたが、躰をのけ反らせただけで、若月は倒れなかった。距離が近すぎたのだろう、と私は思った。

若月が、川中に組みついた。二人とも倒れ、地面を転げ回って、同時に立った。若月が、また低い姿勢で突っこんだ。川中の躰が、吹っ飛んだ。頭突きが決まったようだ。

川中が、立ちあがる。

川中の拳が飛んだが、若月は倒れなかった。続けざまに、川中が左右の拳を出した。若月は尻もちをついたが、弾かれたように立ちあがり、姿勢を低くすると、頭から突っこんだ。川中がまた吹っ飛び、起きあがろうとしたところを、若月が蹴りつけた。

その足を摑んで、川中が若月を引き摺り倒す。倒れたまま、揉み合っているようだ。

川中が立ちあがり、若月の躰を持ちあげると、物のように投げた。転がった若月を、川中が蹴りあげる。今度は、若月の方がその足に抱きつき、川中を倒した。それから、二人同時に立ちあがった。

むかい合う。身構えたまま、どちらも動こうとしない。

二人の呼吸の荒さが、私のいるところまで伝わってくるようだった。

「重夫」

私は言った。

「行かなくていい、と言ったはずだ」

水村が駈け出しそうになったのだ。

「ここで、観戦だ」

「会長」

「そういう約束だった。邪魔をするんじゃない」

「こたえますよ。どっちも大怪我をします」

「二人とも、それぐらいがちょうどいい。余計な真似はするな」

私は、情況を楽観していた。

このままだと、殺し合いにはならない。どちらかが気絶したところで、終りだ。

「川中は、五十一、二だろう。いくらなんでも、息があがって動けなくなる」

「ただの中年とは違います、あの人は」

「そうだ。川中良一だ。もしかすると、あの塩辛小僧を倒すかもしれん。しかし、泳ぐ力など、もう残っておらん」

むき合っていた二人が、ぶつかった。なにがどうなったかわからないが、若月の方が吹っ飛んだ。肘でも打ちつけたのか、と私は思った。

若月が立ちあがる。跳ぶようにして、川中が拳を叩きこんだ。倒れるというより、若月は頽れた。川中が、自分の膝に両手を置き、前屈みになった。荒い呼吸を、なんとか鎮めようとしているのだろう。

若月が、上体を起こした。

「あの小僧、やるじゃないか。いい根性をしている」

「俺は、止めたいです」

「邪魔なだけだ、重夫」

「死ぬまで、川中さんは立ち続けると思います。若月も」

「人間の躰が、そんなふうに立っていられるわけがない」

「人間じゃないと思いますね、川中さんは」

「人間だ。もう躰の方々が軋みはじめている人間だ」

「それでも、あの人は」

「心が、けだもののようになっているだけだ」

若月が立ちあがる。

川中が踏み出した。拳が、宙を打った。若月が、組みついた。しばらく、二人は揉み合っていた。それから立ちあがり、離れた。

むき合っている。身構えることすらできずに、ただ突っ立っている。

踏み出した川中の躰が、吹っ飛んだ。同時に、銃声がした。

「撃たれました」

水村が言い、駈け出した。私も、後に続いた。ただ観戦を決めこんでいたが、ほかの誰かがいたようだ。

倒れたまま、川中は動かない。

私は、走っては歩くことを、くり返した。それでも、全身が悲鳴をあげた。

川中がほんとうに撃たれているとしたら、周囲の確認をしなかった、私の責任かもしれない。川中と若月が、五分にやり合える。そういう情況を作るのは、水村を使っている私の方の責任だろう。川中は、約束通り、ひとりきりなのだ。

ようやく川中の倒れているところまで来た時、私の呼吸は乱れ、胸を押さえてうずくまりたいほどだった。

それでも私は、川中の傷に手をやった。

傷は、左の肩だった。肺を傷つけているかどうか、微妙なところだが、川中の胸板は、大きく激しく上下している。それだけの荒い呼吸をしながら、口から血は噴き出していない。肺に傷はついていない、と私は判断した。

少し離れたところで、若月が腰を落としてぼんやりしていた。

私はハンカチを出し、血止めをした。大きな動脈が通っているところではない。弾は鎖骨を砕き、後ろに抜けていた。衝撃は強烈だっただろうが、弾が体内に留まるよりずっとましだった。

「命に別状はない。ただ、砕けた骨を肉が巻くと厄介だ。すぐに、病院に運ばなければならん」

「すぐに、若い者を呼び集めます」

「重夫、おまえが持っている、ナイフを貸してくれ」

水村が、フォールディングナイフの刃を開き、柄の方を差し出した。私はそれで、川中の服を切り裂いた。服を、細く紐のように裂き、ハンカチを傷口に当てたまま、しっかりと縛りあげた。

川中が、眼を開いた。

「すまんな。撃たれたのは、俺の油断だったようだ」

「似合わないな」

川中が言う。声の出し方に、異常はなかった。

「謝罪の言葉が、あんたほど似合わん人も、いない」

「喋るな、川中」

「自分でも、いやになるぐらい、よくわかるな。俺は、死なないって」

「死なんよ」

「ソルティのやつ、強烈な頭突きをかましてくれた、と気絶しながら思ってましたよ」

「とにかく、病院だ」

「歩けます、俺は。ただ、ひどくくたびれた。殴っても蹴っても投げても、立ちあがってきやがるんでね。ソルティも、年長者に対する敬意が足りんな」

川中が、上体を起こそうとした。私は、背中を支えてやった。出血は、それほどひどくない。弾が熱く焼けているので、貫通銃創はそれほどひどい出血にはならない。焼いて出血を止めたかたちになっているのだ。

「おう、ソルティ」

若月が眼に入ったのか、川中が言った。

「おまえは、撃たれなかったのか？」

「畜生、野本の野郎です」

若月が立ちあがり、そばへ来た。

「あまりにうるさくなってきたんで、ここへ川中さんをおびき寄せることを、教えたんですよ。それにしても、スナイパーを雇っていたなんてな」

「大したスナイパーじゃない。心臓をはずした」

「これは悪運だ、川中。おまえは確かに、心臓を狙(ねら)われた」

「不粋なやつですよ。いい殴り合いだったのにな」

「俺は、もう一発食らったら、立っていられなかっただろうと思います」

「いや、おまえは立ったさ」

川中が、右手だけを地について、立ちあがろうとした。水村が、背後から支えるようにして立たせた。

「俺は、絞め落とすしかない、と思いはじめていた。その力が、残っていないかもしれない、とも思った。歳(とし)だな、もう」

「川中さんが、十歳若ければ、俺は簡単にのされていましたよ」

バイクの音が聞えてきた。

左腕を抱くようにして、川中が歩きはじめる。

「おい、野本は？」

水面に眼をむけ、川中が言った。

「いない」

若月が呟いた。

「野郎、逃げやがった」

「やつにしちゃ、いいチャンスだっただろう。これで、拘禁ノイローゼからも解放される」

川中の足どりは、しっかりしていた。

「おまえとの勝負は、これで終りだ、川中」

「久納さんとの勝負はね。それでも俺は、野本を殺しますよ」

「なら、俺は野本を守る。塩辛の小僧に、護衛を任せる」

「肝心の野本が、消えちまってます」

「それでもやめず、仕切り直しというのか、おまえは？」

「もともと、俺が野本を捜しているところに、久納さんが割りこんできたんです」

「おまえにとっちゃ、確かにそうだろう」

「いいですよ、ソルティを出してくるなら。銃を遣うのもありと言うんなら、それでもいい」

「狙撃は、俺が予想していないことだった。野本に誑かされた連中が、街に集まってきた。掃除はしたが、数人残っている、という報告は水村から受けていた。だから、狙撃に関しては、俺の責任だ」

「それと、野本を守るってことは、また違うんですね、久納さん？」

「狙撃に関しては、俺を恨め」

「恨む気は、ありませんよ。久納さんも俺も、やらなくてもいいことを、やろうとしている。それだけのことです。生きなくてもいいのに、生きてきたみたいにね」

川中の足どりに、乱れはない。かなりの痛みがあるはずだが、表情には出していなかった。ただ、冷や汗がひどいので、早く水を飲ませた方がよさそうだった。

「狙撃したやつを、連れてこい」

若い者が集まってきたので、私は水村に言った。水村が、次々と小声で指示を出した。六人ほどが、駈け去った。二人残っている。

「一応、用心のための弾避けです。なにがあるかわからないので、車の両側を走らせます」

なんとか、車まで辿り着いた。

「久納さん、葉巻を一本」

支えられて、車のシートに躰を落ち着かせると、川中が言った。脱水症状を防ぐために、ほんとうは水を与えるべきだったが、山中の村に出るまで買うこともできない。

しばらく煙を飲んでいろ、と私は思った。差し出した葉巻を、川中はすぐにくわえ、吸口を嚙み切った。

22 ドライ・シェリー

医師の手際は、悪くなかった。

手術の間、私は白衣を借りて立会っていた。砕けた骨を集めるために、傷口を少しだけ切開した。銃弾は鎖骨の上を掠めていたので、骨の粉砕状況はひどくない。砕けた骨を寄せ集め、それだけで傷口を縫合した。

チタンのボルトなどで固定するには、破片が多すぎる。それに鎖骨や肋骨など、骨髄を持っていない骨は、脚や腕の骨より復元が早く、完全に回復した時は以前より太い、丈夫な骨になっている。

人間の躰というのは、不思議なものだ。強弱はあっても、等しく回復力は持っている。心の傷は、そういうわけにはいかない。

ギプスを川中は拒否したが、十日間だけは絶対に必要だ、と医師は言った。ただの骨折ではなく、骨が粉砕されているのだ。私も、十日間は必要だと思った。骨の癒着がはじまれば、幅広のテープで固定し、繃帯で締めつけていればいい。

胸から上をギプスで固めるので、川中の姿はプロテクターを付けた、フットボールの選手のように見える。

施術の時間は、一時間半というところだった。

「いっそのこと、防弾チョッキでも付けて貰いたかったな」

左腕の肘から上は固定されているので、右手だけで川中は器用に服を着こんだ。

「オートマチックなら、運転できるな」

「これから先は、おまえ、勝手にやれ。ただ、殴り合いじゃ、ソルティどころか、野本にも勝てんぞ」

「殴り合いはでしょう、久納さん。殺し合いなら、勝てますよ」

「手負いのけだものか。それもいいだろう。俺たちは、生き過ぎていると、思いこんでいるからな」

病院については、院長にすべて押さえるように言った。銃創の手術だから、本来なら警察に届ける義務が、医師にはあるのだ。

ホテル・カルタヘーナの社長室で、昼食をとった。私は蕎麦で、川中はひと口サイズに切った四百グラムのサーロインだった。

忍が、呆れた顔で川中を見ている。

「おかしいか、俺の食い方？」

「いや、よく入るものだと思ってね。スープと温野菜、おまけにトーストまで食ってる」

「ふだんは、トーストではなく、千切って食うパンだ。健康のために、バターではなく、オリーブ・オイルを使うようにしている」

「人とは違う、と思いたいのか？」

「生きている、と思いたいのさ。食うことぐらいでしか、そう思えん」

「なるほどね」

私は、黙って蕎麦を啜って（すす）いた。朝食を抜くと、逆に入りにくくなる。鰊（にしん）蕎麦一杯に、散々てこずった。

食い終ると、川中は立ちあがり、忍のヒュミドールから、パルタガスを一本とって吸口を切り、火をつけた。左も、肘から下は動く。左手に葉巻を持ち、右手でマッチを擦ることは、難しくなさそうだった。

水村が入ってきた。

「野本は、見つかっていません。大木律子さんもです。ボートで池を渡り、林道を走っていた時、律子さんが乗った車に遭遇したのだろうと思います。うちの若い者たちの、死角にもなっていました」

「それで？」

「狙撃をした者は、捕えてあります。四人いましたが、捕えられたのは、ライフルを持っていたひとりだけです」

私は、軽く頷いた。

残りの三人は、二台の車で走り回っているという。野本と律子は、どこかに潜んでいるということだ。

「狙撃手についちゃ、俺は関心がありませんよ、久納さん。銃も人間も、野本の道具にすぎない、と俺は思っています」

確かに川中の言う通りだが、野本はその連中を雇う金をどこで工面したのか。私自身を、どういうかたちでか、売りに出したということも考えられる。

それならそれで、私に多少の遣い道があるということだ。

「野本という男、会長や川中が危険に身を晒すほどの男なのか、と思いますがね」

「あれは、久納さんと俺の、おもちゃなんだよ、忍」

葉巻の煙を吐きながら、川中が言った。

「久納さんや俺が抱えこんでいる傷を、適当に刺激してくれる、恰好のおもちゃさ」

「そんな」

「おもちゃがなけりゃ、自分たちの傷がどこにあるかも、わからなくなっているんだ。久納さんは知らんが、俺はそうだね」

自分もそうだろう、と私は思った。私の抱えこんだ傷は、歳月の中で、ただ言葉だけになっている、とも思えるのだ。

「沢村明敏のピアノがある。俺はそれでいいと思うがね、川中」

「おもちゃは、遊ばれるためにある。俺は、遊んでいるおもちゃを取り上げられる、子供になりたくないだけだ。沢村明敏のことは、また別さ、忍」

忍が、ちょっと肩を竦めた。

「人ひとりをおもちゃにする。とんでもないやつらだ、と思っているだろう、忍?」

「会長の前で、俺がそんなことを言えるか」

「いいぞ、信行」

私も、モンテクリストに火をつけた。結局、蕎麦を全部平らげることはできなかった。

「思っていることを言ってみろ」

「なにも、ありません」

忍も、葉巻に火をつけた。濃い霧のように漂う煙の中で、水村はなにもないようにじっと立っている。

「行こうか」

私は、腰をあげた。

どこへ、と川中も忍も訊かなかった。

ホテルの玄関から、水村の四輪駆動車に乗った。

水村が連れていったのは、馬場にある小屋のひとつだった。バラ園のそばである。

小屋の中には、若い男がひとりいて、水村を見るとちょっと頭を下げた。私の方は、まったく見ようとしない。そうしろ、と言われているのだろう。

小屋の中では、小柄な痩せた男が、素っ裸で縛りあげられていた。

「服に刃物を仕込んだり、いろいろしていました。まあ、プロ気取りですね。シューティングの腕は、プロに達していませんが、拳銃まで持っていました」

「名前は？」

私が訊いても、男は黙ってうつむいているだけだった。

「川中を撃ったのには、どういう狙いがあったんだ？」

男は、答えない。

水村が男の指を一本摑み、無造作に反らせた。骨の折れる音が聞え、しばらくして男が呻き声をあげた。

「一本でそれぐらいじゃ、十分と耐えられんな。喋ってしまえ」

「俺は」

「おまえのことは、もういい。なぜ、川中を狙撃した？」

「その男を倒せば、あんたの身柄を自由にできる、ということだった」

「ほう、誘拐か？」

「というより、人質だね」

水村が、もう一本、指をへし折った。男は低く叫び、それから呻いた。額に、汗の粒が浮かんできた。

「人質にして、なんの交渉をする。金が目的だろうが、たやすく金が出る、と考えたのか。おまえ？」

「あんたは、金を出した。あっさりと、その場で野本の借金を清算した」

「だから？」

「一億や二億を引き出すのは、簡単だと野本が言った」

「それを、信用したのか？」

「あんたが、やつの借金をきれいに清算していなかったら、俺たちも信用したかどうかわからない。実際に、証文通りに、清算している。これはなにかあるからだ、と俺たちは思った」

「そのなにかは、確かめたのか？」

「野本の親父を、あんたが殺した。その証拠をやつが握っている。ただ、川中という男が、それを取り返そうとしているという話だった。だから、やつは逃げていた」

まったくくだらない、およそありそうもないことだった。しかし、確かに私は、野本の借金を清算した。川中は、ずっと野本を追い続けた。

それが、野本の話に真実味を持たせた、ということなのだろうか。

「あんたと、野本の親父との関係も、調べた。何十年も昔からの関係だ」

「確かにな」

「あんたは、個人資産だけでも厖大なものを持ってる。会社の資産を加えると、どれぐらいになるかわからない。それも、調べた」

「もういい」

金があれば、たやすく奪えると錯覚した。他人の金を欲しがる人間というのは、そんなものだ。

「川中という男は、死んだのか？」

「死なんよ。もともと死んでいるようなものだった。だから死なん。死にようがない男を、おまえらは殺そうとした」

「はずしたのか、やはり」

「自信はあったのか？」

「標的みたいに、突っ立っていた。はずすはずがないのに、シューティングの瞬間に、上体を少し下げた。しかし、吹っ飛んだ」

「めぐり合わせのようなものだな。そして、めぐり合わせも、腕のうちだ」

「好きにしてくれ。山に埋めるなり、海に沈めるなり」

男は、うなだれたままだ。

「残りの三人は？」

「とにかく、野本の身柄を確保する。野本は、あんたに売れる。それが俺たちへのペイになる。最終段階では、それしかないと考えていた」

「なるほどな」

私を人質にするのではなく、野本を私に売るのなら、多少の現実味がないわけではない。一億や二億なら、葉巻のマッチを買うように、私は出すかもしれない。

「興味がなくなった、もう」

私は、小屋から出た。

「適当に、処置をさせます」

「殺してはいかん」

「二度と銃が遣えないようにする、ということでよろしいでしょうか？」

私は頷いた。指か腕の筋のどこかを、切断してしまうのだろう、と私は思った。

バラ園が見えた。

夏の間は、色の鮮やかさが落ちるので、摘蕾をする。いまは夜の冷えこみがあるので、実にいい色の花が揃っていた。

花に親しむような生き方は、してこなかった。遠くから見て、咲いたな、と思ったりするだけである。そして、遠くからなら見ていたい、という気持は強かった。

街に出た。

水村は、イヤホーンをつけた電話で、なにか頻繁に連絡を取り合っていた。

「川中さんが、動いているそうです」

「そうか」

「若月と一緒です」

「ソルティと、呉越同舟ということか？」

「わかりません。若月が、川中さんに呼ばれたようです」

「野本精一を見つけたい。その目的では、一致しているな」

「しかし、見つけたら」

「殴り合いの勝負など、ソルティが避ける。コインを投げて、どちらが勝ちか決めるかもしれんな」

「あり得ます、あの二人なら」

私は、ひとつのことを考えはじめた。

逃げている狙撃手の仲間の三人は、もともと私の身柄を狙っていたのだ。浅墓な誤解だが、野本の身柄を私に買い取らせるより、ずっと高い値がつく、と考えている。

「会長」

前をむいたまま、水村が言った。

「危険なことは、お考えにならないでください」

「たとえば？」

「御自身で、囮になろうと考えたりされることです」

水村は、私の気持の動きを、正確に読んでいた。

「私は、死んでも会長から離れません」

「わかった。その考えは、頭の中から消すことにする」

苦笑しながら、私は言った。

「若月を、認められたのですね」

「あの塩辛小僧をか？」

「何度か、ソルティと呼ばれました」

「そうか。気づかなかった。認めたのだろうな。しかし、呼び名など、どうでもいいことだ」

「会長にかぎっては、そうではありません」

「ふむ。重夫、おまえはこのところ、よく喋るな。こういう時、おまえはいつも、必要なこと以外は、決して喋らなかったものだ。やはり、大木律子に惚れたことが、おまえをいくらか変えたな」

「自分でも、少し変ったのかな、という気がしています」

水村は、私が言ったことを、否定しようとはしなかった。

車は、西にむかっている。

野本は俺のおもちゃだ、と言った川中の言葉を、私は思い出していた。そうやって言葉で言えるだけ、川中は私よりもましなのかもしれない。

私も、野本をおもちゃにしている。助けようとしている分だけ、どこかに偽善さえ入りこんでいるに違いない。

ひどい男は、ひどい男のままでいればいい。心のどこかに、錘のように自分がひどい男だという思いがあれば、多分、思うさま自分を呪いながら死ぬことができるのだ。

「川中さんと若月が、街を出ようとしています」

イヤホーンを片手で押さえながら、水村が言った。

「この方向か？」

「そうです」

「しばらくは、海沿いだな」

いくつか、岬がある。その中のひとつに、死んだ甥のひとりが、城塞のような家を建てて、孤独に暮して いた。車椅子で、使用人や部下は多くいたが、温室の観葉植物とコンピユータだけが友だちだった。

それは、いやになるぐらい、川中も若月も知っている。兄弟であった甥二人の争いが、のどかな海辺の村を、虚飾に満ちた街に変えてしまったのだ。

「あれです」

水村が言った。

前方を、赤いジープ・チェロキーが走っていた。なんとなく、のんびりと走っている感じだ。

「もしかすると、群先生のところへ、車を返しに行くだけかもしれません」

水村が言った通り、群の家の前で、ジープ・チェロキーはウインカーを点滅させた。

「俺も、黄金丸に会いたくなったぞ、重夫。群の家の前で降ろしてくれ」

「私は、そばにいます」

「エイト・ボールは、そこそこに撞けるんですよ」

「あそこでできるのは、ビリヤードだけだ。しかも、プールの台だからな」

水村も、ウインカーを出した。

玄関のところで、黄金丸が寝ていた。寝たまま尻尾を振って、若月に挨拶している。車を降りて私が近づいていくと、なんとか身を起こした。それでも、座っただけだ。

「よう、コー」

呼びかけ、頭に手を置き、私は群の家に入った。

「久納さんまで、俺の家で夕めしですか。たまらんな。山瀬は買い出しに行かなきゃならない」

「いや、俺は食前酒だけにするよ、群。おまえの夕めしは、年寄りの躰には悪そうだ」

「惜しい命でもないんでしょう？」

「一緒に食う面子（メンツ）も気に入らん」

「そうですか。じゃ、シェリーでも出しますよ」

安見も来ていた。眼醒（めざ）めたら、私も律子もいなかった。行くあてもなく、群の家に来たということなのか。

「いろいろあったみたいですね、会長。川中のおじさまは怪我をしてるし、律子さんはいなくなったそうだし」

「別に、おまえをのけものにしたわけじゃない。子供を起こすには、早すぎる時間だった」

　私が言うと、安見は横をむき、川中は笑い声をあげた。

「俺は別に、川中さんにやられたわけじゃない。顔を見りゃ、やられたと思うだろうが、勝負はつかなかったんだ」

　若月が、煙草（たばこ）をくわえ、火をつけた。安見は、なにも言わない。

「水村さん、ひと勝負どうですか?」

若月が、壁のキューが並んだところに立った。私は、暖炉のそばに腰を降ろした。薪が、小さな炎を出している。

水村と若月が、キューを持ってビリヤード台のそばに立った。

「みなさん、どうしてここへ集まってきたんですか。なにか、あるんですか?」

「俺は、みんなに愛されているのさ、安見」

「群先生、そんな言い方、小説家らしくありません」

「君の気の強さを、なんとかしたいな。それじゃ、男が寄ってこないだろう?」

「男はろくでもないことしかしないと、あたしの周りの大人たちが教えてくれています。だから、興味は持たないことにしてるんです」

「まあ、まともな男が周りにいたとは、誰も言えないだろうからな」

水村と若月の勝負が、はじまっていた。

私は、ビリヤードをやらない。球のぶつかる、冴えた音だけを聞いていた。

山瀬の女房が、ワゴンにドライ・シェリーとグラスを載せてきた。アルマセニスタのいくらか熟成したものだった。

群が、自分で注いでくれた。

「おい、俺に一本これを譲れ」

ひと口飲んで、私は言った。絶妙な熟成の具合だった。

「いいですよ。ダースで買ってあります。私の読者だというバーテンが、極上の物を見つけて、知らせてくれるんですよ」

「こいつらの勝負が終ったら、俺はホテルに帰ることにする」

山名に、いい土産ができた、と思った。山名が作る燻製に、このシェリーはぴったりだった。

「安見、おまえも一緒に帰るか？」

「なんだか、みんなだらけていませんか？」

「俺が撃たれて、確かにみんな弛緩したね」

テーブルの写真集を見ていた川中が、にやりと笑って言った。

「死んでれば、別だっただろうが」

「撃たれたんですか、おじさま？」

「ああ、飛んでくる弾が見えたんで、避けようとしたが、弾の方が速かった」

「当たり前です。でも、みんな律子さんの心配はしていないみたい」

「野本と一緒だとしか、考えられん。しかも、野本がどこにいるか、いまのところわかっていない」

川中が続けた。私は、シェリーを口に含んで、味わうことをくり返していた。

「あたし、帰ります」

「N市へか？」

「ホテルへです。律子さんもそこに泊っているんだから、もしかすると帰ってくるかもしれないじゃないですか」

「待て」

腰をあげかけた安見を、私は制した。

「こいつらの勝負は、もうちょっと時間がかかりそうだ。それに、俺はもう二、三杯シェリーを飲みたい。安見、おまえはホテルに電話をして、夕食の用意を頼んでおけ。水村の分もだ」

「シェリーを、二杯以上飲むのは馬鹿だ、と川中のおじさまが言っていました」

「なら、川中には、一杯だけ飲ませておけばいい。手術のあとだし、ほんとうは酒を禁じられているのだがな」

川中が、写真集から顔をあげた。

「どうせ、川中は食後酒を飲みたがるさ。マールとかグラッパとかな。そして、それはここにある。川中は、自分の人生で食後酒を大事にしてきた」

「食前酒に人生があるのか、食後酒に人生があるのか、微妙なところだな」

笑いながら、群が言った。

23　海の音

夜が明けた。

穏やかな海が、窓の外に広がっている。

私は、モンテクリストのNO・5という短い葉巻を、ゆっくりとくゆらした。

窓を開けると、磯の香りと朝の冷気が、入り混じって流れてくる。私は一度腰をあげ、オイルスキンを羽織って、窓際の椅子に腰を降ろし直した。

水村が電話をしてこないところを見ると、動きはないのだろう。

水村が使っている連中は、オートバイ好きの集まりだが、暴走族と呼ばれる者たちとは少し違う。そこを卒業した連中、というのが正しいかもしれない。

時給で雇っていると聞いた時、私は笑ったものだが、夜の時給は、昼間の三割増しなのだという。志願者は多く、選別して起用する、という状態らしい。

若月も、同じような連中を従えているが、こちらは現役のグループのようだ。

電話が、私を呼んだ。このところ、あまり戸惑わずに、私は携帯電話を使えるようになった。

「やっと、見つかりました。山の中です。湖の方ではなく、別の林道に入りこんでいました。そこから出てきて、いま、コンビニで水とサンドイッチを買ったそうです」

「二人か？」

「はい。ほかの人間も車も、周囲には見当たらないようです」

「朝めしにするか」

「はい。用意はすぐにできるそうです」

水村も、ホテルから出ていないようだった。

私が二人を見つけ出したところで、手の出しようはなかった。直接追っているのは、川中と若月だ。そして、別の三人。私はただ、眺めているだけの立場だった。

「安見にも、声をかけてやれ」

川中と若月は、ともに群の家に泊ったはずだ。川中はキューを構えられないので、ビリヤードの勝負は、群と若月の間で行われている。川中は、暖炉のそばで、海や灯台の写真集を眺めていたに違いない。

群の居間には、その手の写真集が、二十冊ほど並べられている。

下に降りていくと、安見はすでに食卓についていた。

朝の挨拶をしただけで、安見はなにも言わない。

「眠れたのか？」

「あまり、眠れません」

「いろいろ考えても、どうにもならん。きのうの早朝、律子がここをひとりで出ていったのは、自分の意思だ」

「わかってます」

「山中に、野本と二人で潜んでいたようだ。今朝、出てきている」

「なんのためにって考えても、正しい答が出せるわけはないんですけど、律子さんは野本にもう一度、あの古いトランペットを吹かせようとしている、と思います」

「持っていったのは、トランペットだけだからな」

「ほんとうは、あれを渡したら、すぐに帰ってくるつもりだったんじゃないかしら」

多分、そうだろう。狙撃騒ぎに巻きこまれなければ、一緒に逃げるということにもならなかったはずだ。

山名が、ワゴンを押してきた。

私の、好みの朝食だった。小さ目の干物と、漬物と味噌汁。大皿に野菜を炒めたものが盛ってあるが、それは水村と安見のためだろう。漬物以外に、私は野菜は食べない。

「会長、きのうから、仕事の指示を求める電話が、十数本入っております。緊急でなければ、二、三日待て、と伝えてあります。いまお耳に入れたところで、すべて却下だろうと言うと、みんな待つ気になったようです」

水村が入ってきて、そう言った。

最後のひと言は、やはりいつもの水村なら口にしないことだ。

私は箸をとり、味噌汁を啜った。

「きのう頂戴したシェリー、絶妙です。なんとかして、私はあれを取り寄せてみようと思います」

「群秋生のところへ、燻製を少し持っていけ。それで、ルートを教えてくれるはずだ」

「わかりました。今度、お見えになるころには、お出しできるかもしれません」

私は頷き、黙々と朝食をとった。朝食をきちんととる方が、なぜか昼食もきちんと腹に入る。

部屋に戻ると、灰皿に置いた喫いかけの葉巻に、火をつけた。

野本と関ってから、私は生きることの浅ましさを、あの男を通して見ている、と思っていた。しかし、それだけなのだろうか。野本を通して、私は私自身の姿を見続けていた、ということはないだろうか。

自問は、私の人生のようなものだった。

生き延びて、こんなことをしてもいいのか。傲慢になることで、なにかを誤魔化そうとしていないか。生きることそのものが、卑怯ではないのか。

いまも、自問を続けている。あまりに自問し過ぎて、昔、なにを自問していたかは、忘れてしまっているほどだ。

いつか、自問したということさえ、忘れてしまうのかもしれない。潮が、満ちはじめていた。満潮になっても、よほどの時化でもないかぎり、寄せてくる波の飛沫が窓にかかることはなさそうだ。

「開いてる」

ノックされたので、私はそう言った。

入ってきたのは、安見だった。この気の強い小娘は、普通だとただうるさいだけだろう。うるさいと思いながらも無視できないのは、芯に、こちらがたじろぐほど強靭なものを持っているからだ。川中も、多分それを感じているはずだ。

「この街に来たのが、いいことだったのか悪いことだったのか、きのう一日、考えていました」

「悪いことだったさ。間違いなく、悪いことだった。しかしここへ来ることで、いいものも見た」

「沢村先生のピアノですか?」

「それもある」

「あとは、余計者にすぎない自分の姿を、いやというほど見た、ということですね」

「わかっているのならば、いい」

「はい」

「N市に帰ることはない。ここまできたら、最後を見届けていけ。これだけ集まった愚かさが、どういう結果を生むか」

「それから、律子さんのことを。あたしは、しっかりそれを見たいと思います」

この娘は、眼の前で母親が殺されるのを見たのだという。フロリダでのことだ。日本に戻ってきてからは、父親を殺された。いま暮しているのは、義母とだという。

それが、この娘を強くした、とは思わない。もともと持っていた強さが、剝き出しになっただけのことだ。

「海、一緒に見ていてもいいですか?」

「ああ」

ほんとうは、ひとりだけで見ていたい海もある。いま、それを言う気はなかった。

「そこの椅子を、持ってくるといい。それから、灰皿をとってくれ」

「はい」

安見は、先に灰皿を持ってきた。

「船も、見えるんですね」

沖は、航路になっている。沖ノ瀬の荒い波を避けて、西へむかう貨物船は、ほとんど陸岸寄りに針路をとる。

船が一艘視界に入り、消えていくまで、なにも喋らず、私はそれを見ていた。

私は、耳を傾けて、海の音を聴きはじめた。波の音ではなく、海の音だ。聴力で聴き分けるのではなく、それ以外のもので聴く。

海は、確かに音を持っていた。風のようでもなく、雨のようでもない。あえて言うなら、人の呟(つぶや)きのような音だろうか。波の音の合間に、低い声で呟きを耳に吹きこんでくる。

「どうしたんですか？」

安見が、私を見ていた。

「なにがだ？」

「いま、ちょっと笑われたように見えました。それも、なんとなく悲しそうに」

「笑ったか」

「はい。笑いにも、いろいろあるのだと思います」

悲しげに、笑った。私に、そんなものが似合うはずがない。

「相変らず馬鹿だな、と海が呟いた」

「えっ」

「海の音さ。つらい思いを、海に吐き出し続けたので、時々、返事をするのだ」

「つらいって、会長がそう思っていらっしゃるだけですね。人のつらさって、みんなそうだと思います。生意気だって、また叱(しか)られるかもしれませんが」

「いや、おまえの言う通りだろう」

「人にむかって、つらいってあたしは訴えなくなりました」

見上げたことだ、と出かかった言葉を、私は途中で断ち切った。訴えようと訴えまいと、つらいものはただつらい。歳月は、確かにそれを曖昧なものにするが、心の底に刻みこまれたものは、決して消えない。

「野本をおもちゃにしている、俺や川中を、ひどい男だと思うか？」

「おもちゃって、偽悪的な言い方だと思います。会長の動機はわかりませんが、川中のおじさまを衝き動かしているのは、自分でもどうしようもない怒りなのだと思います。野本を殺そうと思うほど、川中のおじさまは怒りに忠実なんです。こんな言い方は、おかしいでしょうか？」

「それだと、川中が純粋な男に思えるな」

「純粋ですよ、川中のおじさまは。そして多分、会長も。傷つきやすくて、それを持て余しながら生きてこられた、という気がします。男って、そんなものなんでしょう？」

「さてな。川中は自分のことを、男だ男だと言い張るが、俺は、そんなふうにこだわったことはない」

「友だちですか、お二人は？」

「なぜ、そんなことを訊く？」

「あたしには、友だちという感じが、どうしてもわからないんです。特に男同士の友だちというのが」

「認め合ってはいる。しかし、俺は友だちを作ろうとは思わん。おまえにも、いずれ好きな男ができる。そのとき、よく観察してみるんだな」

「そうします。男という動物は、ちょっと眼を離すと、変っていたりしますものね」

「利いたふうなことを」

安見は、ちょっと笑ったようだった。

私は、消えた葉巻に火をつけた。また、貨物船が海上に現われた。コンテナ船で、船という感じはせず、海上を動く四角い物体というふうに見える。

「N市にも、海はあります。でも、ここの海のように、きれいではありません。工場地帯もありますし」

「海に、きれいも汚ないもあるものか。海は、ただ海だ。俺は、そう思って見てきた。姫島にも、時々ゴミが流れ着くが、それも海だからだ」

沖縄の海も、私にとっては、ただ海だ。

携帯が鳴った。なぜか、どうしようもない気の重さを感じながら、私はそれを耳に当てた。気の重さは、微妙に予感と繋(つな)がってくる。

「二人が、また林道に入って、海にむかっているそうです」

「海にむかう林道など、あるのか？」

「西の方に、行き止まりですが、崖に出る林道があります」

いやな予感が、さらに強くなった。

「三人の動きは？」

「まだ、報告は入っていません」

「川中とソルティは？」

「いまのところ、まだ」

「行くぞ。安見も連れていく」

「玄関に、車を回しておきます」

電話を切ると、私は腕を組んで眼を閉じた。とりあえずは、襲ってくるいやな予感を、なんとか抑えこみたかった。

「出かけようか」

予感を抱えたまま、私は言った。安見が、かすかに頷いて、部屋を出ていった。

玄関の前に、四輪駆動車が停っていた。私が助手席に乗りこんだ時、安見はすでに後部座席にいた。

「行け」

言うと、水村は黙って車を出した。

少し内陸に入り、四十分ほど走り続けた。すでにS市と隣接する市になっている。山はそれほど深くないが、海際までせり出して、崖が多い。

それぐらいのことしか、私は知らなかった。

水村は、たえず報告を受けて、短い指示を出している。胸もとにマイクがあり、耳にイヤホーンを差している。

「独り言にしか、聞えんな」

「最近は、車そのものに、マイクが付けられているものもあります。勿論(もちろん)、スピーカーも。音を拾う性能は、格段に向上しているのですよ」

「おまえのようなやつが、そういうものを使うのが、気味が悪い。躰だけ使ってきた、と俺は思っていた」

「昔は、真偽のわからない情報ひとつに、命を賭(か)けたりしたものです。あのころ、こういう情報網が作れれば、作戦もずいぶん変ったという気がします」

水村は、若いころ傭兵(ようへい)をやっていた。落下傘降下もできるし、あらゆる銃器の扱いにも習熟している。ナイフや素手での格闘も、プロなのだ。

そしていまも、私の傭兵のようなものだった。

その手が、どれほど血に染っているか、私は知らない。知っても意味のないことであるし、水村の精神が、それで汚れたとも思えない。

「水村さんは、グリーン・ベレーにいたんですか？」

「そんな高尚なところに、いるものか」

黙っている水村の代りに、私が安見の質問に答えた。

「じゃ、フランス外人部隊」

「外人と言うが、あれはフランスの正規軍だ。どこにいたのかは、俺も知らん。訊いたことがないんでな」

「ただの、戦争屋でした」

水村が言った。ほんとうは、四年、フランス外人部隊に所属していて、その見返りとしてフランスのパスポートを与えられた、と群秋生が言っていたことがある。除隊した連中が、専門的な戦争屋になることも少なくなく、水村はその道を辿った。

群秋生は、小説家だ。ほんとうのような嘘を考え出すのが、商売だった。もっとも、群の作品の中にある絶望のようなものは、考え出されたものだとは思えない。

一時間ほど走り、途中のコンビニで車を停めると、水村は水のペットボトルを数本買って戻ってきた。

「これから先は、なにもありませんので」

車は、すぐに山道に入った。それでもまだ二車線で交通量はあった。それが一車線の道に分かれ、さらに道をそれると、車一台がようやく通れる舗装もない林道になった。

「詳しいのか、このあたりに？」

「オフ・ロードのバイクなんかをやる連中が、よく集まるところです」

　水村がバイクに乗っているのを、私は二度見たことがある。

「先は長いです。曲がりくねっているので、行き止まりまで、かなりの時間がかかります。道路に障碍物(しょうがい)がなければ、一時間半というところです」

「川中やソルティは？」

「多分、こちらの方が、林道に先に入ったと思います」

「追っている三人は？」

「それが、わからないんです。バイクに乗り換えている、ということがわかっているだけです」

「かなりのことが、わかっているではないか」

「どれも、決定的な情報ではありませんので」

「情報を全部流すと、俺が暴走すると思っているな、おまえは」

「今回のことについては、会長の暴走を防ぐのが、自分の仕事だと思っています」

「勝手にしろ」

　車は、激しく揺れた。それでも、水村はアクセルの踏み加減を一段落としている、と私は感じた。もう少し、スピードを出せるはずだ。

　三十分ほど走ったところで、後方から車が追ってきていることに、私は気づいた。

24 空

後ろの車から、川中と若月が降りてきた。

「どうも、いやな気がするんですよ、久納さん」

「俺もだ」

それきり、言葉を交わさなかった。

ひと抱えほどの倒木が道を塞いでいて、水村と若月は手際よくロープをかけ、二台の車で引っ張ってどかした。

朽ちている倒木は、いま倒されたばかりのようだった。轍は、なんの障碍もないように、前にむかって続いている。

「追いつめて、いいんですかね」

「微妙なところだ、川中」

私も川中も、野本が死を選ぶかもしれない、と危惧していた。追いつめられ、絶望的な情況になったとしても、そこで捨身の反撃をするほどのものも、野本は持っていない。

律子を道連れにした、心中。それはありそうな気がする。

野本が自死を選んだところで、それはそれと私は思っている。考えようによっては、死に値することをやったのだ。特に逃げはじめてからの画策がひどく、トランペット奏者というより、天性の詐欺師の素質を感じさせるほどだ。

川中も言葉には出さないが、律子を道連れということを、恐れている。

律子は、野本に無理に連れ回されているのか。それとも、自分の意思で一緒にいるのか。どちらにしても、律子が一緒にいるというのは面倒なことで、危惧も深刻なものになってくる。

「通れます」

若月が言った。

倒木は、斜面のものを転がしただけで、問題はそれを野本がやったのか、追う三人がやったのか、ということだった。

「運転は、野本がしていますね。結構うまい。やわらかなところを、ギアを上げて、スピードをあげてます。トルクを弱くする技ぐらいは持っていますよ」

轍を見ていて、そんなこともわかるものらしい。

「この道は、一本だけか、重夫？」

「そうですが、バイクの轍はかなりあるんですよ。うちの者も、ひとり行っていますし」

「野本が、三人と連絡をとり合っているかどうか、ということになるな」

「まったくです。しかし、この道なら、大詰めですよ、もう。あとは、道のない山中を歩く、ということしかありませんから」

「三人が、そこまで執拗にやると、俺には思えんが」

「金が、かかっています。金に眼が眩むと、情況が見えなくなる、ということはあると思います」

「幻の金なのにな」

「野本の身柄が三人に確保されていて、金で渡すと言われたら、会長は出されますか？」

「出さんな。川中も出さん。俺は、今朝までは出すかもしれん、と思っていたが」

「その身柄が、野本ではなく、律子さんだったとしたら」

「そういう現場に直面したときに、考えることにする」

「出されるべきではない、と思います。もしそうなら、野本がうまく言いくるめて、身柄を渡したんでしょうからね」

「三人が、俺たちより前に行っている、という言い方ではないか」

「行っています、多分。後方になにも動きがないということは、前方にいる、ということですよ」

「おまえの使っている者は、ひとり行っているだけか」

「もう、追っていません」

携帯での連絡が常に入り、水村はそれをイヤホーンで聞き続けているのだろう。

五分も走らないうちに、道を塞いでいるオートバイが見えた。

草の斜面の中に、男がひとり倒れているのも見えた。

車を降り、水村は男のそばにいくと、抱き起こした。私も近づいていった。

「全身の打撲がありますが、重傷は左鎖骨の骨折だけだと思います」

水村は、携帯電話のマイクを摑むと、なにか指示を出した。

「後方から来ている連中に、病院まで運ばせます」

私は男のそばに屈(かが)みこみ、レーサースーツの上から、全身に触れた。

「確かに、鎖骨の骨折だけだ」

「会長、川中さんの車の方に乗り換えていただけますか？」

「おまえは、そのバイクで行くのか？」

「そうしたいんです」

水村が、自分の希望を口にするのも、めずらしいことだった。

「運転は、あたしがします。これぐらいの道なら、経験はありますから、会長に怪我をさせることもない、と思いますわ」

水村が、安見の顔を見つめた。

「頼む。のんびりはできないと思う」

「無理はしませんが、できるだけ急ぎます」

水村は、倒れたバイクを起こし、エンジンをかけた。二、三度吹かし、走り去っていく。

安見が、運転席に乗りこみ、シートの調整をした。

「安見の運転は、大丈夫ですよ、久納さん。それより、切迫した野本の心情を感じますね。ひとりで切迫してくれるんなら、いいんですが」

やはり、律子を道連れということを、川中も危惧しているようだ。

「行こう。いずれにせよ、追いつめるということしか、俺たちにはできん」

山中で、バイクのエンジン音が交錯するのが、時々聞えた。

「シートベルト、お願いしますね」

助手席に乗った私に、安見が言った。

運転の腕は、川中が言った通り、確かなものだった。枯葉の層を踏んでタイヤが滑りかかるのも、見事に押さえている。

前方に、黒いレーサースーツの男が、倒れていた。オートバイが、大破している。水村の姿はない。

「行け、このまま」

「はい」

そばを通りすぎても、男の躰は動かなかった。ただ、眼が動いているのを、私はしっかり見てとった。

「あれだけの大破じゃ、オートバイ同士の衝突じゃありません。車がぶつかったんだろう、と思いますわ」

「その通りだが、余計なことは言わなくてもいいぞ、安見」

「会長、あたしはこれでも、緊張しているんです」

「そりゃ、済まん。喋っても唄(うた)ってもいい」

「大丈夫です、もう」

窓は開けているので、時々、オートバイのエンジン音は聞える。

「どこまで、行くのかしら」

「行き止まりまでだ」

「その先は」

「どこへも行けん。だから行き止まりだ」

「車の話です、会長。人だけなら、どんなところへでも行けます」

「確かにな」

道が下りになり、それから急な登りになった。雑木林の間から、一瞬だけ海が見えたような気がした。

「木が、寝てます」

「なにを言ってる、安見？」

「海からの風が強くて、寝たような恰好になるんだと思います」

「そういえば、林の間から、ちょっとだけ海が見えた」

「車の行き止まりは、もうすぐだろうと思います」

なぜこんなところに、車が通れる道があるのか、不思議なほどだった。燈台でもあるのなら、道はもっと整備されているはずだ。

「また、急勾配だな」

「大丈夫です。そこは登れます」

四輪駆動車は、しっかりと路面を摑みながら、急勾配を登った。登り切ると、平坦な道になった。前方に、人の姿が見え、すぐに近づいてきた。

「律子さん」

安見が言い、ブレーキを踏みかけた。

「停るな。そばまで行け」

水村の、背中が見えている。そのむこうに、律子を間に挟んで、男が二人いた。つまり、むかい合っている。そして、水村は動けない。

情況が、少しずつ見えてきた。

ひとりが、駈け去った。もうひとりは、律子の首に手を回したままだ。

水村は、やはり動けないでいる。

水村の後ろで、安見は車を停めた。

私は、ゆっくりと助手席から降りた。

「おまえたちが欲しいのは、俺の身柄だろう。いくら値がつくか知らんが、その女よりは高いな」

言いながら、私は男に近づいた。男の注意が私に向いた瞬間、水村が踏み出していた。

足が飛んだ。ナイフが、陽の光の中で、別のもののように舞った。

「動くな」

若月の声で、男は動きを止めた。若月は、小型のリボルバーを構えている。

安見が、律子に駈け寄った。律子は足を挫いたらしく、その場にしゃがみこんだ。

「行きますか。まだひとり、追っています」

若月が言った。

「行かないでください」

律子が、顔をあげて言った。

「もう、なるようにしかならない、とあたしは思います」

律子は、私と川中を交互に見ている。

「ここで、あたしは車から放り出されました。三人が、そのひとりは水村さんでしたが、すぐ後ろにまで迫っていましたから。あたしを放り出して、時間を稼いだのだ、と思います。追わないでください」

「そんなこと言ったって、連中のひとりに、やつは捕まると思う。ここは、追うしかないんだがな」

「一緒に死んでくれ、とあの人は言ったんです。あたしは、いいと言いました」

「そんな。一緒に死んでやるったって」

「あの人がそう言い、あたしがいいと言った時、あの人もあたしも、もう死んだんだと思います」

「あんたは、そうやって生きてるよ。野本だって、まだ死んじゃいない」

「黙ってろ、ソルティ」

言ったのは、川中だった。若月はちょっと驚いたような表情をして川中に眼をむけ、口を閉じた。

「ここで、なにかを待ちたいんですか？」

水村が言った。

「待つことしか、もうできなくなりました。あの人のために、誰もなにもしてやれない、と思います」

「あなたが、それでいい、と言うんなら」

「ほんのちょっと、短い時間でいいんです」

「あなたは、なんらかの結果を、ここで待とう、と言っているんですよね」

「結果は、もう出ているんだろう、と思います。ずいぶん前から、出ていたという気がします」

「会長、川中さん、待っていただけますか？」

水村の口調には、有無を言わせないなにかがあった。川中が、苦笑している。律子が生きているという事実が確認できて、どこかでほっとしたのだろう。それは、私も同じだった。

水村が、車から救急箱を持ってきた。オフ・ロードも走る四輪駆動車だから、そんなものも積んであるらしい。

水村は、律子の足首に湿布を当てると、繃帯でしっかり巻いた。

白く、華奢な足だ、と私は思った。

「心中してもいい、と思ったんですか、律子さん？」

「心中というのとは、ちょっと違う気がするわ、安見ちゃん。一緒に死んでやってもいい。そんな感じだった」

「それは、心中じゃないんですか？」

「愛し合って、なにかを守りたくて、そのためには一緒に死ぬしかない。それが、心中でしょう。あたしは、どうでもいいという気分だった。あたしが一緒でなきゃ死ねないんなら、仕方がない、と思ったわ。自分の人生は、この程度のものだろうって」

若月は、捕えた男を座らせて、持物検査をしていた。

私は、川中と若月が乗ってきた、赤いジープ・チェロキーの後方へ行き、葉巻に火をつけた。

「俺にも、一本いただけますか、久納さん？」

川中が、そばへ来て言った。

「モンテクリストだが」

「いいですよ。まったくこのギプスってやつが不便で、これまで着ていた服が着れなくなった。俺のシガーホルダーは、その服のポケットでしてね」

川中は、グレーのセーターの上に、安物の紺色のコートを着ている。

「群のところの山瀬さんに、買ってきて貰ったんですよ」

私から受け取ったモンテクリストの吸口を、カッターを使わず嚙み切り、川中は火をつけた。

「勝負なしってことになりそうですね、久納さん」

煙とともに、川中が言葉を吐いた。

「いや、大木律子に、二人とも負けたってことかな」

律子が生きていた。それを確認したところで、勝負は終ったという感じがある。

終ってしまえば、なぜ勝負をしていたのか、その理由さえわからなくなってくる。

「おまえの鎖骨が砕々になった。その分だけ、俺の負けかな」

「いまいましいギプスを着けて、勝ったと思いたくはありませんね」

川中が胸を叩くと、乾いた音がした。

「藤木が惚れた女に、似ているかもしれないな、大木律子は」

「そうなのか?」

藤木という名は、川中から何度か聞いた。水村からも、一度だけ聞いた。

「藤木と水村が、それほど似ているとは思えないんですがね」

「あれは、そういう気持を封印してきた。つまらん生き方だと、俺はよく言ったが、それでいいと決めているようだった」

「藤木は、いつ死んでもいい、と決めていましたよ。惚れた女がいた時も、その女が死んだあとも」

「もういい、川中。おまえのようなやつでも、女に惚れたじゃないか」

「それを言うなら、久納さんも。南の島に、その女はまだいる。結構でかくなった、倅まででいるって話じゃないですか」

「信行だな。いや違う、群秋生か」

「お互い、愚か者ってことにしておきましょうや」

「それに、異存はない」

オートバイが、数台到着した。捕えた男を、若月が連れていかせた。水村もやってきて、なにか指示を与えている。

私は車に寄りかかり、空を見上げた。こうやって、空だけを見ることは、たえてなかったような気がする。

駆逐艦に乗っていたころ、私はよく甲板に出て空だけを眺めた。これから戦闘という時も、そうしていたことがある。

空は、無だった。見上げていると、そうとしか思えず、艦上の地獄も、まるで嘘のようにしか感じられなくなってくるのだ。

「こうやって、葉巻の煙を吹きあげていると、なんて浅ましい人生なんだ、と思ってしまいますね」

気づくと、川中も私と同じ恰好をしていた。

「もう、N市へ帰れ、川中」

「沢村明敏を連れて、帰りますよ。音の抜けたピアノを聴きながら、大人しく暮すことにします」

「おまえが、大人しく暮せるとも思えんが」

「いや、大人しく暮します」

「そして、愚か者のまま、死んで行くか」

「キドニーにも言われたな、俺はそうやって死ぬべきだと」

不意に、銃声が谺した。

私は、空を眺めるのをやめ、眼を閉じた。間を置いて、銃声はもう一発聞えた。

「たまらんな、まったく」

呟くように、川中が言った。

私は、律子がいる方へ歩いていった。

「そろそろ、待ち時間は終りだ」

「銃を撃ったのは、野本です。追ってきた三人で、銃を持っていたのは、ひとりだけでした。だから、野本です」

うつむいて、律子が言った。

「ひとりは、持っていたんだろう」

「それを、奪ったんです。車でバックして、オートバイにぶっつけて。その人が、持っていました」

「おまえを押さえていた二人は、ナイフを持っていただけか」

「そうです。両側からナイフを突きつけていたのは、水村さんも見ておられますわ」

「だとしても、結着はつけなければならん。俺の結着でも、川中の結着でもない。野本が、自分の愚かさの結着をつけるんだ」

「ま、俺も同意見だね。いまさら、あいつを殺そうとも思わんが、結着はつけさせるべきだ」

「しばらく、待っていただけませんか？」

「もう、待った」

律子が、なぜ待とうとするのか、私にはわかるような気がした。

「いつまでも、時間を貰える。野本精一は、それほどの男ではないな」

「わかっています」

「では、ここで待て」

「あたしも、連れていってください」

「なぜだ？」

見なくてもいいものを、見る。そういうことになりそうな気がした。

律子が、安見に支えられて立ちあがった。

「行き止まりまで、四百メートルほどです、会長。それから先は、崖の岩肌になります。下は、海です」

水村が言った。

「ここから、歩いて行けばいい、と思います。凹凸が多く、車はスピードを出せませんから」

「なにを言いたい、重夫？」

「律子さんは、俺が背負って行きます」

「それもいい。見るものは、全部見ろよ。野本は、拳銃を持っているようだ。いざとなりゃ、おまえは大木律子の弾避けだ、水村」

「それぐらいのことは、なんでもありません。俺が先頭で歩きますので」

「弟だな、藤木の」

「この際、兄は関係ありません、川中さん」

「久納さん、ここは大木律子も連れて行くべきでしょう。ソルティ、おまえは水村の後ろを歩いていって、野本精一が発砲してくるようだったら、射殺しろ」

「俺が、ですか、川中さん」

「守っていた男を、射殺する。塩辛い仕事になるな」

川中が、寂しげに笑った。

水村が、律子を背負って歩きはじめた。若月が続き、私、安見、川中と続いた。

歩きはじめてすぐに、後部がひしゃげた車が見えてきた。

そこが、行き止まりなのだろう。

25　弾痕(だんこん)

道は、かなり険しかった。

ほとんど、人は通らないのだろう。草で覆われそうなものだが、岩肌がほとんどで、わずかな踏み跡が残っている。

時々、道が崩れていて、岩を這(は)って登らなければならなかった。

風が、不意に強くなった。海際の、崖の上の道になった。眼の下に、白く砕ける波が見えていた。

水村の足どりに、乱れはなかった。私は、首筋に汗をかきはじめていた。

「老人には、こたえる道ですね」

川中が、私の背後から言った。ふり返って睨(にら)みつけようと思ったが、そんなことをすると躰のバランスを崩しそうだった。

「転ぶなよ、川中。片腕じゃ、ひとりで立ちあがれん」

私は、そう言い返しただけだった。

左右が、また雑木林になった。

そこを出たところが、ちょっと広い岩肌で、男がひとり倒れているのが見えた。水村を追いこして若月が駈け寄り、抱き起こした。

「胸に、二発食らってます」

若月が、私の方に眼をむけ、首を振った。

そばへ行った。

男の、出血はひどくなかった。ただ一発は至近距離から撃っていて、服に焦げた跡があった。つまり、止(とど)めを刺したということだ。

「なにか、冷静だね。冷静で、残酷だ」

川中が呟いた。

野本精一は、取り乱して自分を失っている、というわけではないらしい。止めを刺すというのは、もうプロの仕事と言ってよかった。野本が、いままでとは違う世界にいるかもしれないとは、この林道に入ってからはっきりと感じていることだった。

「行け、ソルティ、おまえが先頭の方が、いいだろう」

若月が進みはじめ、次に大木律子を背負った水村が続いた。その後ろに、安見、私、川中と続いている。

また、海沿いの道に出た。雑木林が断続的にあるだけで、道はずっと海に沿った崖の上なのだろう。

崖の下を見ると、ふと妖(あや)しい誘惑に駆られたりする。ここを跳べば、魚雷や爆撃や砲撃がなくても、死ねる。しかし、跳ぶだけの力さえ、私には残っていないことも、よくわかっていた。死ぬにも力が必要で、老いるというのは、その力をなくすことでもある。

律子を背負った水村は、軽々と岩を登りながら進んでいたが、私はまた息を切らしていた。安見が、時々心配そうにふり返る。

なにか言い返そうと思ったが、それだけでも息切れが激しくなりそうだった。

川中が、すぐ後ろを歩いてくる。私がよろけたり、転んだりしたら、支えようというのだろう。片腕しか使えない男に助けられなければ、自分が歩けない男だと、認めたくはなかった。

脚を速めた。息切れが激しくなったが、構わなかった。これまで、死ぬかもしれないと気持で思っても、躰が感じたことはない。

しかし私はよろけ、川中にオイルスキンを摑まれていた。

こんなことで死などを考えることが、馬鹿げている。私は立ち止まり、しばらく呼吸を整えた。

銃声が、聞えた。

先頭の若月は、一瞬身構えたが、また歩きはじめた。いくらか遠い銃声だった。

平坦な、雑木林の中の道になった。歩きながら、私は呼吸を整えた。

もうこれ以上高いところは、海際にはないようだ。

「この先に、います」

ふり返り、若月が言った。手には拳銃を構えている。指示を待つように、若月は立っていた。私は、そばまで歩いてから、行け、と短く言った。

岩の出っ張りを回った。そこはいくらか広くなっている。

そしてそこに、野本精一が倒れていた。のたうち回っている。自分で、肩を撃ったようだ。狙ったのは心臓で、弾は肩に当たってしまったのだろう。

水村が、背中から律子を降ろした。律子は、這うようにして、野本にとりついた。

野本の傷は鎖骨のちょっと下で、肺は傷ついているだろうが、致命傷にはなっていない、と私は思った。出血も、肺の中がひどいはずだ。

「最後まで、腰の据らない野郎か。死ぬことが、そんなにこわかったのか」

川中が、呟くように言った。

「手当をするぞ」

私は言った。道具などがあるわけではない。体外の出血を止める処置ぐらいしか、やれることはないだろう。

オイルスキンを脱ごうとした。

野本にとりついていた律子が、いきなり立ちあがった。両手で、拳銃を握っている。

水村が動きかけた時、足もとの野本の躰に律子は銃弾を撃ちこんだ。野本の躰が、跳ねたように動いた。銃口はすぐに、自分の顎の下に当てられた。撃鉄が持ちあがり、落ちるのがはっきりと見えた。弾は、出ない。

海にむかって駈けようとした律子に、水村が寄り添った。その時、律子は顎を上にむけ、頽れていた。それを、水村が抱きあげる。

私は、野本のそばにしゃがみこんだ。心臓を、撃ち抜いたようだ。脈はなかった。

安見が、眼をおとしている。川中と若月は、並んで立ち、塩でも舐めたような顔をしていた。

「重夫、活を入れろ。とにかく、車のところまで戻る」

律子は、水村の当身で気絶している。水村は、律子を抱いて立ったままだ。

若月が拳銃を拾い上げ、射角を合わせ、野本の手に握らせた。反対に握り、親指で引金を押す恰好だった。

「それで、いいだろう」

川中が言った。ようやく安見が立ちあがり、岸壁のそばに歩いていった。叩きつけられ、半分潰れたトランペットが、なにか言いたげに転がっている。

安見はそれを、ケースに収いこみ、抱くようにして持った。

「このまま、行きます」

水村が言う。

「なにもなかった。水村、俺はそう思っている」

「しかし、川中さん」

「俺が、思ってるだけさ。行こう」

若月を先頭に、歩きはじめた。律子を抱いた水村が続く。最後尾は、やはり川中だった。下りが多く、登る時より私には楽だった。なにも考えず、私はただ足もとだけを見ていた。

車のところに戻った時、さすがに水村は息を乱していた。

活を入れられた律子が、眼を開いた。

抱き寄せようとした安見を撥(は)ねのけて、律子が立ちあがった。背後から、水村が両肩を押さえた。

「放して、ください」

「なにをするつもりです、律子さん」

「あたしは、生きていてはいけないんです」

「自分で、そう決めたんですか？」

「決めるも、決めないもありません。生きていてはいけないことを、私はしただけです」

「あなたは、なにもしてませんよ」

水村が、静かな声で言った。

「放して」

「重夫、律子を車に乗せろ。安見が、そばについている。いや、俺も乗る」

「じゃ、俺はソルティと戻ります」

川中が言った。

若月が、トランペットのケースを拾いあげそのまま持った。

律子は、四輪駆動車の後部座席に押しこまれ、シートベルトをかけられた。

「行け」

私は言った。

水村は車を出したが、しばしばバックミラーを気にしていた。川中と若月は、付いてきていないようだ。

「構わんぞ、重夫。やつらには、やらなければならんことがある」

「はい」

「あたしを、どこかで降ろしてください」

「なにもせずに、気を失っていた。それでも、おまえを運ぶのは、大変だった。これ以上、迷惑はかけるな」

律子は、水村の当身を受けたことには、気づいていないはずだ。知っていなければ、なにをしたかわからないような、拳の遣い方だった。

それ以上、律子はなにも言おうとしない。

死ぬ気になれば、ひとりになった時に、いつでも死ねる、と考えていることは間違いなかった。

律子自身が、のどに突きつけた銃口。持ちあがって落ちた撃鉄。それが、思い浮かぶ。意思に満ちていて、微塵(みじん)のためらいもなかった。

律子を死なせずに済ます方法があるのか、私はしばし考えた。それから、外の景色に眼をやった。

水村は、悔いているだろう。背負ってあそこまで運んだ律子が、落ちた銃を拾い、野本を撃った。その動きを許してしまったのだ。

意表を衝かれたのは、私も川中も若月も同じだった。

死のうとしても、死にきれない男。その無様さの方に、眼をむけてしまったのだ。

「林道を出ます」

水村が言った。

悪路から解放された車は、滑らかに走りはじめた。

ホテル山名に到着した。

「起きたことについて、なにも言うな。訊かれても、言うな。わかったな」

車を降りてから、私は安見に言った。律子は、足が痛み出したのか、水村が抱いている。

山名が出てきて、驚いた顔をした。私は、ただ笑ってみせた。

「そばに付いていろ。どんな気配も、見逃すな」

背中を押しながら、私は安見に言った。

「律子さんは、やっぱり死のうとしますか？」

「人が死のうとする思いなど、大して長続きはしない。その間、おまえが片時も眼を離すな」

私は、安見の背中を押した。

「昼食の時間ですな。どうされます」

山名が、私に訊いた。

「いやいい。しばらくしたら、出かける」

私は部屋には戻らず、ロビーの椅子で水村が降りてくるのを待った。

五分ほどで、水村は降りてきた。

「群先生のところですか？」

腰をあげた私に、水村が言った。私は頷き、外へ出て車に乗りこんだ。

群秋生の家に、車は帰ってきていた。

黄金丸が、頭だけ上げ、尻尾を振った。私は、コー、と声をかけ、頭にちょっと手を載せた。それで、黄金丸の挨拶は終りだった。

居間の暖炉のところに、三人が腰を降ろしていた。

「昼食は、用意してあります、久納さん」

群秋生が言った。

「いま、この二人から、猿芝居の脚本を書かされていたところでしてね」

群は、いくらか眠そうな顔をしていた。

そういう顔をしている時は、アルコールを飲みはじめる兆候が出ていると思った方がいい、と言ったのは忍信行だったのか。とにかく、群は飲みはじめると、死すれすれまで飲んでしまう。場末の娼婦(しょうふ)の部屋で、何度も見つけられていた。

群の酒も自殺に近い。もっとも最近では、形式上群秋生と結婚している上田佐知子(うえださちこ)が、群が飲みはじめる気配を見せると、自分が経営しているホテルに連れていって、二六時中一緒にいるのだという。

どういう男女か、私にはよくわからなかった。

「信じられないような、猿芝居なんですがね」

群はやはり、眠そうな表情をしたままだ。

「悪くないかもしれない、という気もしますよ。人間が逃げこむためには、わかりやすい場所が必要ですから」

「人を騙(だま)すことについちゃ、俺も川中さんも、子供みたいなもんですから」

川中は、右手を顎にやり、黙っている。

「どう生きるか、の問題にもなってくる。難しいですがね」

「具体的に言え、群。おまえの御託を聞きにきたわけではない」

「確かにそうですが、久納さんは呆れるだけだろうと思いますよ」

水村が腰を上げ、キューを並べた壁のところへ行った。群が、それにちょっと眼をやった。

水村が、そういう動きを見せること自体、めずらしいと言っていい。私が喋っている間は、石像のように後ろに立っている男だ。

「要するに、あそこではなにも起きなかった。俺はそれだけを考えたんですが、具体的にはなにも思いつかない。それで、現場から群秋生に電話をしたということです」

川中が、はじめて口を開いた。

「頭の足りない男二人が、ちょっとばかり頭を使って商売をしている男に、頼みこんだということか」

「まあ、久納さんには、そう見えるでしょうが」

「それで？」

「この話は、久納さんの政治力のようなものも、多分必要になってくると思うんですよ。すべてを揉み消して欲しい、なんてことじゃないんですが」

「俺に、力があるとでも思っているのか？」

「それは、俺たちよりはね」

「まあいい。話してみろ」

「これです」

若月が、トランペットのケースをテーブルに置いて、蓋を開けた。

岩に叩きつけられ、潰れたトランペットだった。あの時と違うのは、穴がひとつできていることだ。

「俺が、一発撃って、穴を開けました。この口径じゃ、貫通はしませんでしたね」

若月が、ちょっと肩を竦めた。

「群が、トランペットに一発ぶっ放せ、と言ったのか？」

「まあ、そういうことです。野本は、これを抱いていたんです」

「おまえら」

「言われるとは思いましたが、案外、いいことかもしれないという気もしましてね」

川中が言った。

「自殺に失敗した野本が、トランペットを抱きしめて、苦しんでいた」

「ふむ」

それで、律子が納得するかどうかは、わからなかった。人間が逃げこむ、わかりやすい場所。それを考えたら、適当ではないか、という気もしてくる。

「昼めしにしませんか？」

「おまえ、俺がここに来ることが、わかっていたのか？」

「久納さんも、逃げこむ場所について、具体案を求めていたと思うんですよ。大木律子のそばにいても、仕方がないわけだし」

「俺も、頭の足りない男ってことか。それで、おまえの意見を拝聴に来るに違いない、と見当をつけたのか？」

「まあ、来るかもしれない、と思っていただけで、来なかったら、川中とソルティの方から行ったでしょう」

群秋生は、やはり眠たげな顔で、そして少し憂鬱(ゆううつ)そうだった。

26 赤とんぼ

夕刻まで、私はホテルへ戻って昼寝をした。

眠るというのではなく、考えごとをしたりする時に、ベッドに横たわるのだ。

考えに、なんの進展もなかった。

つまり、こういうことを、考えられる頭ではないのだ。それは、川中も同じだろう。だから、群秋生に頼った。群の頭がどうなっているのかわからないが、なにか考えが出てくる構造にはなっているようだ。

　水村が、食事を知らせてきた。

　私は、セーター姿で階下の食堂へ降りた。

　水村ひとりが待っていた。律子と安見は、部屋に運んで貰うようだ。

「会ったか、重夫？」

「三時ごろ、ちょっと様子を見に。安見さんは、腰が抜けてなにもわからない、と言い続けているそうです。いまのところ、律子さんが自殺に走ろうとしたことは、ないみたいです。夕食後、今回の件について、会長からお話がある、とは伝えてあります」

「食い終ったら、『笙』へ行く」

「はあ」

「あそこに、アップライトのピアノを入れたそうだ。それを、沢村が弾くことになっている。誰かに聴かせるのではなく、ピアノを弾くためだけに来るんだが、律子を連れていってみよう、と思っている」

「沢村先生はともかく、山之内にも話を聞かれてしまうのでしょうか？」

「誰に聞かれてもいい。そういう話しか、俺はするつもりはない」

「はい」

野菜の煮物や鮑のバター焼きなどのほかに、鯖のスモークが出ていた。悪い味ではない。私はしばらく食うことに集中した。

小一時間で、食事を終えた。食後のグラッパを一杯だけと、コーヒーを飲んだ。コーヒーを飲んでいる間に、安見に支えられた律子が、二階から降りてきた。

「気分は？」

「大丈夫です。御迷惑をおかけしています」

「別に、迷惑ではない。とんだことではあったがな。十一時三分に、野本精一の死亡は確認された」

「はい」

「すべて、終りということになる。俺と川中が張り合うこともなくなった」

「あたしは、警察へ出頭したいのですが」

「大して、意味はないな。警察も困るだろう。殺人があり、容疑者は自殺した。自殺未遂だったが、場所が場所だったので、救急隊の到着を待たず、死亡した。したがって、司法解剖はされる」

「自殺とは、どういうことなんですか？」

「文字通りのことだ。野本は、すぐに死ぬことはできず苦しんだが、結局は死んだ」

「あたしが、殺しました」

「錯乱して、拳銃を撃ったことを言っているのか？」

「錯乱してはおりません。あたしは、間違いなく、野本にむけて拳銃を撃ちました」

「では聞くが、その拳銃はどうした？」

「野本のそばに、転がっていたような気がします」

「そこからして違うな。おまえは、野本の手から、拳銃をむしり取った。そして、撃った。撃ったことは、間違いないのだが」

「ですから、殺人を犯しました」

「では、それからどうした？」

「よく憶（おぼ）えていません。でも、拳銃を撃ったことだけは、はっきり憶えています」

「それを、野本にむけてな」

「やはり、あたしが殺したんですね」

「おまえが、拳銃を撃ったことは、間違いない。野本の手からむしり取ってな」

ちょっとした、嘘だ。嘘の中に、事実を紛れこませてしまう。それが、群秋生が考えたことだった。

「おまえが、野本にすがりつき、泣き叫んでなにか言った。俺には、喚（わめ）いたように聞えたが、ほかの者は泣き叫んだと言っている。同じようなものだ。安見は、動転してなにも見えなかっただろうし、おまえの声を聞いたかどうかも、疑問だ」

「なにも、聞いていません。銃声だけです。あとなにがあったかも、わかりません」

安見が言った。私の話の意図を、安見はなんとなく察したようだ。

「おまえは拳銃を撃ってから、ふらふらと崖の方へむかった」

「跳びました。あたし、跳んだと思います」

「崖からか?」

「はい。崖までも、跳ぶように走ったと思います」

「その脚で、どうやって跳ぶ?」

「でも」

「おまえは、幽霊のように、ゆっくりと崖の方へ躰をむけ、気を失った。それだけのことなのだ」

跳んだのもほんとうだが、拳銃を自分にむけて引金を引いたことは、憶えていないようだった。細かい嘘をいくつも重ね、真実を紛れこませてしまうというのは、悪い方法ではないのかもしれない。

ただ、律子はまだ、野本を撃ち殺した、と思いこんでいる。

「拳銃は、どうしたか憶えているか?」

「いえ。でも、撃ったことは、確かです」

「おまえは、拳銃を構えたまま、ふらふら歩いたんだ。誰かを撃ちそうで、危なくて近づけなかった。しかし、撃つこともなく、気を失った」

「野本は、撃ちました」

「それは確かなのだが、野本は死ななかった。その銃弾ではな」

「はずれた、とおっしゃっているのですか？」

「はずれた、と言うのかな。とにかく、弾は野本には届かなかった」

「あたしは」

「落ち着いて、憶えていることを喋ってみろ」

「憶えているのは、野本が苦しんでいて、あたしが拳銃を持っていて、あたしが死なせてやるのが、一番いいのだと思ったことだけです」

「部分的にしか、記憶はないのだな。われわれも、警察に言えないことをした。おまえに殺したと言われると、俺も川中も、少々困ったことになる」

「なにをされたんですか？」

「それは、見ればわかる」

嘘をついているのが、私は苦痛になってきた。

「行くぞ」

言うと、水村が素速く立ちあがり、外へ飛び出していった。

玄関に回された車に、私たちは乗りこんだ。

律子はぼんやりしていたが、私はまた同じ嘘をくり返した。それによって、一部は、事実として律子に認識される、と群は言ったのだ。そしてその嘘が、真実を呑みこむ。

店に、川中と若月は来ていた。

「これなんですがね」

若月が、トランペットのケースをテーブルに出した。律子が、ケースに手をのばし、蓋を開けた。潰れたトランペットを見て、息を呑む。

「こんな状態のトランペットを、野本精一は抱いて苦しんでいました。ここに、小さな穴があるでしょう。これが、あなたが撃った、銃の弾の痕です」

若月はトランペットを持ちあげ、律子の眼の前に持ってきた。

「わかりますか。弾は貫通せず、最後のところで、止まっています。俺たちは、これを持ってきてしまいました。それから、元通り、野本の手には、拳銃を握らせた」

若月の手から、律子がトランペットを取った。膝に置き、そのままぼんやりと見降ろしている。

「とにかく、このトランペットは、あなたが殺人者になることを防いだ。あるいは、その時点で、野本が死んでしまうことを防いだ。持ってきたのは、あなたが撃ったという事実を、なかったことにするためです。そのままにしていたら、肩から肺に入った弾も、あなたが撃ったもの、と断定されかねなかったんでね」

川中は、黙って足もとを見つめている。

「あたしは」

「撃ったんですよ、多分、野本を死なせるつもりでね。みんな驚きましたが、野本の苦しんでいる状態は、変らなかった。それからあなたは気絶したが、俺と川中さんは現場に残り、トランペットを野本から取りあげ、銃を握らせたんです。その時、もう一度引金を引く力は、野本には残っていなかったと思いますね。助けてくれ、と弱々しい声を出し、それからもしばらくは生きていました」

若月の話を聞いている間に、私にもそれが真実かもしれない、という錯覚がしばしば襲ってきた。

「撃った、という事実はある。それは、おまえひとりで受けとめるしかないことだ」

私は言った。川中は、相変らず、ひと言も喋ろうとしない。

「おまえが、警察に行って、撃ったと言うのは勝手だ。あの場にいた誰ひとり、それを証言する人間はいないだろう。呼び出されて、煩しい思いをする。それだけのことだ」

「でも、あたしは撃ったんです」

「撃ったさ。それは、みんな見ていた」

「それが、罪にならないんですか？」

「ちゃんと死なせてやろうと思った。そう言っていたな」

「自分で、死ぬこともできなくて、これ以上人に迷惑をかけるんなら、あたしがと思ったんだという気がします。一緒に死んでくれと言われて、いいと言ったんですから、ここはあたしが死なせてやるしかない、と思って撃ったんです」

「気持はそうでも、弾は、野本に届かなかった。おまえは生きろと、トランペットが言ったんだよ。命に、縁があったということだ。死ぬより、ずっと苦しまなきゃならんかもしれんが」

律子が、トランペットに空いた穴を見つめていた。

「それを持って、東京へ帰れ。もうしばらく、俺のレコードの管理をしてくれ」

なにか言いかけた律子を手で制し、私は一度頷いた。

「レコードの様子を見に、水村重夫が時々行くだろう。蓄音機の手入れもしなくてはならんしな」

定期的に逢ったとしても、水村にとっては、つらい不毛な恋になるだろう、と私は思った。

なぜ、みんな自分で自分を傷つけるようにして、生きなければならないのか。

川中が、立ちあがった。

店の隅に、アップライトのピアノが運びこまれていることに、私ははじめて気づいた。

群秋生が、沢村と一緒に入ってきた。

「今度は、抜けられそうです。飲まずに、やり過ごせるような気がします。それだけ、俗物になった、ということでしょうがね。沢村明敏の、消えた手を見ていたら、そんな気分になってきましたよ」

私のそばに腰を降ろした群が、呟くようにそう言った。

ピアノの前に立った川中が、蓋を開け、ぽとり、と音を出した。

それが、二つ続き、三つ続いた。

いつの間にか、曲になっていた。『赤とんぼ』。奇妙に、心をくすぐってくる音だ。

私は葉巻を何度か喫い、火が消えていることに気づいた。マッチを擦る。火をつけている間も、音は続いていた。くり返し、同じ曲を弾いているのだ。

川中の、大きな背中が、泣いているように見えた。私も、泣いていた。涙などは、出ていない。心のどこかが、静かに泣いているのだ。

沢村がそばへ行き、手首から先がない腕を、川中の肩にかけた。音が、加わってくる。沢村の出す音が、単調な音を複雑なものにした。しばらく、二人で弾き続けていた。これを、連弾というのか、よくわからなかった。

不意に音が止まり、店の中がしんとなった。沢村が、椅子を引き、腰を降ろした。

別の曲が、はじまった。

川中は、無表情で戻ってくると、私のそばに腰を降ろした。

「今度の件に関して、俺はすべてを忘れましたよ、久納さん」

「口で、忘れたと言うだけだ」

「そうですね。俺の人生は、ずっとそうだった」

「お互いさまだな」

音の抜けた、ピアノ。

抜けた音が聴こえるような人生は、もうたくさんだった。

ハルキ文庫

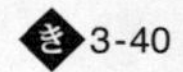

されど時は過ぎ行く ブラディ・ドール⑱

著者 北方謙三

2019年7月18日第一刷発行

発行者 角川春樹

発行所 株式会社角川春樹事務所
〒102-0074 東京都千代田区九段南2-1-30 イタリア文化会館

電話 03(3263)5247(編集)
03(3263)5881(営業)

印刷・製本 中央精版印刷株式会社

フォーマット・デザイン 芦澤泰偉
表紙イラストレーション 門坂 流

本書の無断複製(コピー、スキャン、デジタル化等)並びに無断複製物の譲渡及び配信は、著作権法上での例外を除き禁じられています。また、本書を代行業者等の第三者に依頼して複製する行為は、たとえ個人や家庭内の利用であっても一切認められておりません。
定価はカバーに表示してあります。落丁・乱丁はお取り替えいたします。

ISBN978-4-7584-4272-5 C0193 ©2019 Kenzô Kitakata Printed in Japan
http://www.kadokawaharuki.co.jp/[営業]
fanmail@kadokawaharuki.co.jp[編集] ご意見・ご感想をお寄せください。